主编 凌翔

岁月静好

芷兰 著

民主与建设出版社
·北京·

© 民主与建设出版社，2020

图书在版编目（CIP）数据

岁月静好 / 芷兰著 . —北京：民主与建设出版社，2020.2

ISBN 978-7-5139-2880-9

Ⅰ.①岁… Ⅱ.①芷… Ⅲ.①散文诗—诗集—中国—当代 Ⅳ.① I227.6

中国版本图书馆 CIP 数据核字（2020）第 018214 号

岁月静好
SUIYUE JINGHAO

著　　者	芷　兰
责任编辑	周佩芳
封面设计	陈　姝
出版发行	民主与建设出版社有限责任公司
电　　话	（010）59417747　59419778
社　　址	北京市海淀区西三环中路 10 号望海楼 E 座 7 层
邮　　编	100142
印　　刷	唐山楠萍印务有限公司
版　　次	2020 年 7 月第 1 版
印　　次	2020 年 7 月第 1 次印刷
开　　本	710 毫米 ×1000 毫米　1/16
印　　张	13
字　　数	200 千字
书　　号	ISBN 978-7-5139-2880-9
定　　价	39.80 元

注：如有印、装质量问题，请与出版社联系。

目　录

第一辑　乡土情结

麦子熟了　002

想起爆米花　008

童年的柿子红　010

老电影往事　013

养鸡的记忆　017

红薯情结　021

家乡的枣糕　027

走亲戚　030

那年赶集　034

回到老家　039

那条小河　042

那口老井　045

第二辑　履痕深深

心醉书香校园　050

文化气韵小乡村　053

彩虹农庄　056

初逢讲理村　059

洛宁秋日见闻　062

天河漂流记　065

地坑印象　069
　　草莓仙子　073
　　杜鹃情思　077

第三辑　飞鸿印雪

　　地铁随想　082
　　伊河岸边话粽香　085
　　月饼飘香　089
老城，我生命中曾经驻足的地方　091
　　天津散记　095
　　春游娘娘山　100
　　颁奖晚会中的小插曲　104
　　电视机，绚丽我的梦想　107
　　又是玉米飘香时　111
　　崛起中的小镇　116

第四辑　今生有缘

　　玉石情缘　122
　　悠悠伊河情　124
　　夜遇牡丹仙子记　128
　　东方乐园　133
　　守望的天空　136
　　爱心播撒希望　140
　　东方风来满园春　144

遇见彩虹　　146
　　三姊妹雅聚　　149

第五辑　净水深流

　　以真诚和大爱谱写的家族生命史
　　——写在乔中岳先生
　　《风雨过后见彩虹》付梓之际　　154
　　风雨爱同行　　157
　　洒向人间都是爱　　160
　　脱贫路上　　166
　　月光下的思念　　170
　　牵挂女儿　　173
　　母亲养猫　　175
　　心系耕读赤子情　　178
　　一身诗意千寻瀑
　　——写在苗瑞霞新书《兰溪》出版前夕　　181

第六辑　心语清吟

　　小河奇缘　　186
　　幻化的天使花　　192
　　柿子红了　　194
　　父亲，我来看您　　196
　　书香伊川华美绽放　　199

第一辑　乡土情结

麦子熟了

　　麦子熟了，麦香飘来。风儿吹过，麦浪滚滚，如海，似沙，像绸，胜歌。

　　总感觉，麦子是有灵魂的。我曾写了一首诗歌《麦芒上的灵魂》，把麦子当成了有灵魂的生灵——

　　　　从青涩的童年
　　　　走向丰收的成熟
　　　　你
　　　　隐于荒郊僻壤
　　　　和同伴心脉相连
　　　　手拉手肩并肩
　　　　扎根于故土的山峦
　　　　炎炎烈日下
　　　　你

依然笑脸粲然
唱着歌儿燃烧着
激情如潮的火焰
筑起一道美景
金浪翻滚波澜浩瀚
一摇头的温柔
韵香摇荡笑眉弯弯
和着风起伏的节拍
把优美的舞步旋转
俯身在岁月与田野之上
编织汗水浸透的黄地毯
镰刀挥起的时刻
生命的意义在体现
仰头痛饮一片阳光
不曾有离别的伤感
一次灵魂的升华
浴火重生凤凰涅槃

每当看到麦子，嗅着扑面而来的麦香，童年的记忆就会潮水般涌来，背景总是那一望无际的麦浪。那种泥味的情愫，潜入心底荡漾开来，有香滋滋的甘甜，也有沉甸甸的苦涩。

童年时期，五六月份是丰收的季节，也是最有诱惑力的美好时光。

五月中旬，田野里青黄的麦穗饱鼓鼓的，昂扬向上的锋芒，香味馥郁。我们小孩子最受不了这种诱惑，呼朋引伴，来到麦田边，随手拽下一枝麦穗来，双手合在一起揉一揉，再长长地吹一口气，麦壳被吹走了，只剩下一粒粒饱满的麦籽静静地躺在手心中。迫不及待地放入口中，一股鲜嫩的甜香沁入心脾。在口里多嚼一会儿，还可以嚼成泡泡糖。伙伴们一起吹泡泡，比比谁吹得大，欢声笑语随着起伏的麦浪飘得很远很远。大人们拿起镰刀，到自家麦地里割上几把，回家揉搓出麦籽，撒上盐巴炒熟了给自家孩子打牙祭。那种咸香的美味，至今还萦绕在我的唇齿之间。

　　五月底开始，麦子黄了，在阳光的照耀下，田野里到处闪耀着金色的光芒。父亲提前把自家的打麦场收拾好，用牛拉着石磙，一圈圈碾压瓷实。打麦场是一大块离村子很近的平地，队里一家分一块用来打麦晒麦。"豆熟一周，麦熟一晌"，这时父亲要天天到地里看麦子，折一支麦穗揉搓几下，吹口气使麦壳飞出，手中只剩下麦籽，把麦籽放到嘴里嚼一嚼，就知道麦子有几分熟了。母亲把往年麦罢收拾起来的草绳和镰刀拿出来，把不结实的草绳去掉，用湿稻草再搓一些添进去。那时候学校都放麦假，我就在家搓草绳，小小年纪搓的草绳就像模像样。镰刀要重新磨快了才好用。父亲手拿镰刀头在弯弯的磨刀石上"嗤嗤"来回磨着，一副"磨刀霍霍向猪羊"的阵势，把镰刀磨成闪光的月牙。母亲提前蒸好馍，备好开水，一切就绪，就等待着进行收割麦子了。

　　父亲一声令下"割麦去"，全家就进入了热火朝天的虎口夺麦时期。家里好几亩麦子，都要靠一镰一镰纯人工收割。天色漆黑，夏虫呢喃，月儿偏西，大人小孩齐上阵，来到了田间。在地头一字排开，猫着腰，对着麦地展开攻势。躬身在麦浪间，挥舞着镰刀，麦子顺势倒下来，身后的地上就是一溜整齐、割好的麦子。刚开始还有劲头，时间久了，腰就会很疼。父母许久才从麦田中站起来，舒展一下身子，用手擦擦头上的汗水。孩子们抬头看看望不到边际的麦地，开始喊渴、喊饿，到地头去偷懒。割过的麦茬很尖利，一不小心就会刺破脚腕，脚上总是伤口不断。

　　临近中午，太阳火一般炙热烤着地面，地上就似一个大蒸笼。"足蒸暑土气，背灼炎天光"，头顶热辣辣的阳光，脚踩滚烫烫的土地，虽然穿着长袖衣服，可尖尖的麦芒还是在裸露处烙下了血印，经汗水的浸渍，火辣辣地疼。割麦子是超负荷的体力劳动，严重的体力透支，几天折腾下来，一家人都很疲惫，一个个脸色憔悴，一身脏兮兮的衣服和满脸污垢，就像刚刚经历战火洗劫的英勇战士。

终于，麦子全部放倒了，接下来开始捆麦子，把麦子用草绳一捆捆扎起来，送到架子车旁边。父亲在地上铺一根草绳，我们抱着麦子放到草绳上，麦头需左右交叉放，这样才不会在运输过程中，由于摩擦而白白浪费金贵的麦粒呢，最后父亲用力捆起来。全部捆好后，开始往地头扛，往车上装。最后还要在地里拾一遍麦穗，做到颗粒归仓。装车也是有窍门的，看上去一辆小小的架子车，能装像小丘陵一般高，父亲用粗大的缆绳由后到前使劲勒住整车麦子，绳子在两根车把处打成活结，然后套上牛往打麦场里拉。那时候的路面是坑洼不平的，拉车时要非常小心，防止翻车。记得哥哥有一次拉车，我跟车，在一个斜坡处把车拉翻了，我俩一下子吓得就傻眼了，哥哥在原地守着，我一溜烟跑到地里喊来父亲，重新装了一遍车。一生视粮食为宝贝的父亲，最后还要蹲到地上把散落的麦籽一个个都捡起来，足足忙了一小时。汗水在每个人脸上流淌下来，汇成一道道弯弯的小溪，闪闪发亮。

打麦场，是展示劳动技能最生动的舞台。麦子拉到自家场上，缆车绳子一解，哗然倒下。又去到地里拉第二趟，第三趟，直到抢割的麦子拉完为止，接着就进入了最为关键一步——打麦子。从麦地里运回来的麦子，一捆捆在场里散开，让烈日暴晒一晌，然后用牛儿拉上石磙，石磙后面还拖着块大而扁的石烙，父亲手中扬着长长的鞭子，"嘚，吁"不停地吆喝着，家里那头老牛，一圈圈慢悠悠地转着，石磙"吱扭扭"地唱着歌，整个村庄便飘荡着这古老的乡村麦场曲。其间还要不停地用桑杈把麦秸挑起来，就像翻卷的浪花，这也就是"挑场"，然后再继续碾麦子。而小孩子能做的活，就是看场边，要目不转睛地看着碾场的牛尾巴，尾巴一旦撅起来了，就是要拉屎了，飞快地跑过去用铁锨接着牛屎，扔到牛粪桶里去。

　　一直碾压到麦籽全部脱离了母体。把麦秸秆挑到一边，剩下的一堆就是麦糠与麦籽合在一起的半成品了。接着开始扬场，让麦糠与麦籽彻底分离。扬场时，麦场上传来木锨的嚓嚓声和扫帚划过的沙沙声，像一曲经典的山乡交响乐。只要有一丝丝微风，父亲就可以熟练地扬场。父亲手持一把木锨，"嚓"地一声，轻盈地朝空中斜向上扬，混合物在空中划出一道彩虹的弧线，麦糠如天女散花一般纷纷飘远，麦籽则调皮地蹦跳着落到地面。再用扫帚在麦籽上面轻轻来回划过，杂物会被掠在一边。如此反反复复多遍，就把麦糠与麦粒全部分开了。

　　堆在一起的麦秸秆和麦糠，还要经过最后一次碾打，尽可能地把麦子脱净。麦秸秆可是宝贝，是牛过冬的口粮，谁家也不舍得扔掉。把碾压得极其光滑的麦秸秆集中在打麦场上，堆起一个高高的草堆，美其名曰麦秸垛。一个个麦秸垛，远看如一间间草房子，还像雨后漂亮的蘑菇群，成了麦收后一道美丽的风景线。麦秸垛堆的结结实实，是孩子们最好的玩乐场所。我和伙伴们在那里肆无忌惮地做游戏、捉迷藏、下腰、劈叉，留下了童年欢乐的时光。

　　接下来开始晒麦子。把麦籽尽量薄薄地摊在麦场上，太阳暴晒三五天后，把麦粒中的水分彻底晒掉，入仓才不会发霉变质。孩子们这时候就发挥了重要作用，要定时用一个竹耙子在麦粒上推过，勾起一道道小"战壕"，以使麦子得以充分晾晒，还要不时赶一赶偷吃的麻雀。夜里，小孩子就会随着大人，在打麦场里铺个竹席睡觉看场。这时候是孩子们最开心的时刻，赤着脚在打麦场中玩耍嬉闹，一直玩到深夜，才在大人的呼唤声中躺下来，望着满天繁星，无边的想象飞过天空，不知不觉进入梦乡。"滴雨点了，快收麦啊！"半夜里不知谁先喊着，大人们顿时睡意全无，小孩子们张开惺忪的睡眼，麦场成了战场，人声鼎沸。人们赶紧拿着木锨、簸箕，飞快地往蛇皮袋里装，和老天爷展开夺粮大战，推麦、装麦的声音成了主旋律。如果天气晴好，晒过的麦籽放在嘴里一咬咯嘣响，就可以拉回家入仓了。我家黑暗的阁楼上，有用砖头垒成的四方形的粮仓，里面总有吃不完的麦子。

"六月天，孩儿脸，说变就变"，收麦季节庄稼人最担心的，那就是遇到连雨天，这时候，麦场就会沉寂下来，只有雨水沿着麦垛滑落的声音。人们脸上的笑容也凝结了，变得和天空一样阴沉。经雨的麦籽会发芽，磨成面做成的馒头很黏，失去了原有的甜香味。

花开花落，沧海桑田。一晃几十年过去了，当年的打麦场已经不复存在，然而，那循环往复吱吱呀呀滚动唱歌的石磙子却一直碾在我的心头。

想念那再也回不去的童年，想念那再也回不去的传统农耕年代。

想起爆米花

　　光阴飞逝，生命也在义无反顾地向前行走，很多童年的记忆也便成了碎片乃至消失。但是有些儿时的经历，却成为盛开在记忆中的锦花，历久弥新，熠熠生辉。

　　小时候，零食太少，爆米花就成了孩子们最为奢望的美味了。

　　记忆中一到年关，就会有一个慈眉善目的老人，用乌黑的冻得满是裂口的双手在村子的空地上嘣玉米花。炉火烧得旺旺，映红了老人质朴的脸庞。老人不时地查看锅把上那个圆圆的压力表，慢慢摇着手里的转柄，红红的炭火上是同样熏得乌黑的小钢锅，那模样就像是父亲经常使用的大肚子马灯。

　　婶子大娘们会端着玉米、高粱和大米，拿着装玉米花的大袋子，从家里走出来，到嘣玉米花的地方排队。场地周围围着密密麻麻一圈人，大部分是小孩。孩子们一个个小手、小脸冻得通红，伸长脖子守着转动的锅子，眼珠子一动不动地盯着，生怕眨眼间美味就会消失不见了。

　　馋得直流口水的我，飞跑回家央求母亲。母亲挖了两碗玉米放进小篮子里，再拿个面粉袋子让我去嘣爆米花吃。等我来到嘣爆米花的地方时，前面往往已经排了很长的队伍了，我只好排在队伍的后面耐心地等待。看着嘣好玉米花的小伙伴们欢天喜地，满口塞着爆米花，跟着大人，乐颠乐颠从我的面前走过时，我好羡慕他们，一边吞咽着口水，一边使劲嗅着空气中的爆米花香味儿。

老爷爷不停地摇着压力锅，看到锅把上的时针越过表线时，就可以开锅放炮了。老爷爷把压力锅对准一个长长的大大的前边带着铁圈的蛇皮袋子，这时候，围观的人就知道要"放炮"了，会不约而同地捂上耳朵，胆小的女孩子更是一溜烟躲得远远的。

只听"砰"的一声巨响，白花花的爆米花伴随着香气倾泻而出，令人垂涎欲滴。一阵白烟过后，小小的玉米粒转眼间幻化成一朵朵美丽的小白花，空气里弥漫着诱人的香气。玉米花的主人赶紧拿了鱼皮袋子来收玉米花。孩子们一哄而上，去抢散落在大蛇皮袋周围的爆米花，嘴巴里、手里、口袋里，全是四处乱掉的爆米花。抢完后便急不可待地将爆米花塞进嘴里，轻轻咬碎用舌尖细细地摩挲，品味着其中的香甜，不舍得吞咽下去。偶尔由于玉米的原因玉米花没有爆开，出了一锅"哑巴豆"，淳朴的主人就会拿着篮子分给周围的孩子们吃，大家也吃得津津有味。

时光荏苒，岁月如河。一晃几十年过去了，如今农村已没有了嘣爆米花的场景。那渐行渐远的画面，仿佛还在昨天，但却一去不返了。热闹的场面和纯朴的乡情，已成为儿时最美好的记忆，温暖了寒冬，温暖了乡情，也温暖了我的一生。

爆米花，缕缕清香中夹杂着童年的味道，<u>丝丝缭绕在我的心底</u>。

童年的柿子红

秋风起,柿子红。我的思绪飘呀飘,飘回童年时的故乡。

我的故乡在伊河岸边,那是一个依山傍水的好地方,村前是伊河,村后是梯田。

听奶奶说,故乡曾是有名的柿子之乡,山坡上漫山遍野都是柿子树。每当深秋时节,红彤彤的柿果像一串串红灯笼,挂满枝头,压弯枝丫,远望像一片片橘红色的海洋,煞是好看。这些红灿灿的柿子树,托起了我五彩斑斓的童年,为我留下了最美的回忆。

春天,柿子树上长出了嫩嫩的新芽。不久,柿子树上开满了淡黄色的四瓣花儿,不妖娆,不魅惑,素素的,以一袭淡雅润开着一季。一场风雨过后,有的花儿落下来,像满地金黄的星星。我和小伙伴们拾起来装到衣兜里,回到家用针线穿成项链,做成耳坠、头花,戴起来很漂亮。男孩子把项链挂在脖子上,像和尚的念珠,双腿盘坐着,闭着眼睛,嘴里念着:"阿弥陀佛,善哉,善哉!"那调皮的模样会让人忍俊不禁。

之后,小柿子慢慢长出来了,青青的,在绿叶丛中闪动着,像刚出生的小娃娃。有些弱小的柿子被淘汰，落到了地上。我和小伙伴们来到柿子树下，把这些落果捡起来，在柿树附近刨一个小土坑，把柿子放到里面，用草和树叶盖住，最后再蒙上一层土，做回到原来的样子，以防别的孩子发现。一周之后，伙伴们再次相约来到柿子树下，把柿子再刨出来，这时柿子都捂软了，没有了生涩的味道，吃起来甜甜的。同伴们平分劳动成果，吃得津津有味。

　　立秋后，柿子越长越大，但还是青色的，摸上去硬硬的，这个时候的柿子是不可以吃的，涩得很。慢慢的柿子变成青中带黄，然后变成橘黄色，最后变成红色。远远望去像是缭绕在树上的红云，装扮着故乡秋天的色彩。"吃红柿拣软的捏"。等这些红柿子发软后，就可以摘下来吃了。这个时候，我和小伙伴们最爱往田野里跑。放学回到家后，一人拿上一个馍馍，来到柿树下，利索的小伙伴像猴子一样爬到树上，挑又红又软的柿子摘掉扔下来。树下的同伴接住柿子，等摘得够平均分配了，大家就开始品尝柿子盛宴。拽下柿子后盖儿，撕开表皮，尝一口，浓汁满口，又香又甜，就着带来的馍馍，吃了还想吃。

　　最难忘的是摘柿子的情景。全家一起出动，来到队里分的柿树下，我和哥哥一上一下，双手抱树，嗖嗖几下，爬到了树上。我靠着树杈，随手摘了一个红红软软的大柿子，揭下表面一层薄如蝉翼的皮儿，三两口就吃完了，砸吧着嘴巴，好甜啊。父亲把系着镰刀的长棍子递给哥哥，让他采摘树梢的柿子，父亲就站在柿子树下指挥。母亲和妹妹在树下把带来的床单拉开，仰起头，看看柿子往哪落，就赶快往哪跑，用床单接住柿子。我和哥哥先是抱着树枝一顿猛摇，有些红柿子就会离开树枝，朝下砸去，母亲和妹妹赶紧接住。偶尔有没接住的柿子，掉到地上就会摔得粉身碎骨。然后，我负责摘低处的柿子，哥哥负责摘高处的柿子，我摘不到的就喊哥哥帮忙。最后，一家人抬着满满几篮子柿子，满怀丰收的喜悦往家走。身后轻烟袅袅，山坡上的柿子树在暮色里逐渐变得模糊起来。

秋日的农家小院里，挂着一堆堆金黄的玉米，吊着一串串火红的辣椒，摆着一篮篮火红的柿子，一派丰收的景象。柿子摘回家以后，硬点的柿子被母亲放进煤火旁边的沙盆里，添上温水，过两三个夜就可以吃了，清脆爽口，别有一番滋味在心头，这叫"揽柿"；红点的柿子被母亲切成几瓣在太阳下晒起来，做成"柿饼"，甜润可口，放学了吃上几片，美味又充饥；吃不完的柿子被母亲扔进大缸里，做成"柿子醋"，够全家人吃上一个冬天，美容养颜，延缓衰老。母亲还会把揽柿或柿饼带到集市上去卖，供我们上学和贴补家用。

后来，柿子树随责任田被分配到各家各户后，农民觉得田间地头的柿子树，影响了庄稼的生长，于是故乡的柿子树遭了殃，田野里大大小小的柿子树，一两年时间就被砍伐一光。从此，故乡再也看不到那一片片深秋的红云，望不到那一树树悬挂的红灯笼。随之消失的，还有那些加工柿子的乡村传统工艺。

怀念那有柿子香味的童年，怀念故乡那去而不返的柿子树。

老电影往事

现在，人们的生活条件好了，家家户户都有电视，周末还可以到大影院去看 3D 电影，但我却总是想起童年时期看露天电影的往事……

打开尘封的记忆，老电影的往事潮水般涌来。

20 世纪七八十年代，放电影是人们最奢侈的事情。那时候我看电影，多是去我们村毗邻的 158 厂，那里的广场一周放一次电影。有时候也跑到邻村去看。

晚上放电影的消息总是会不胫而走，整个村子都沸腾了，村里人个个兴高采烈，奔走相告。田里干活的人们加快了进度，妈妈赶在天黑之前做好晚饭，上课的孩子们魂不守舍，支起耳朵听放学的铃声，没有上学的小孩子们一早就跑到放电影的广场去了，摆几个凳子放在靠前的地方，或者用小石块摆一个圈，占住地方。

日落西山，牛羊归圈。月亮升起来了，晚风在低低地吟唱，凉爽而惬意。我和小伙伴们赶去看电影，沿着村路向前走。空气中弥漫着各种花的馨香，路两边的庄稼披着月华，婆娑迷离，朦胧神秘。庄稼地里，草丛中，小河边，青蛙儿"呱呱呱"地放声歌唱，小蟋蟀"吱吱吱"地拉着小提琴……还有一些叫不上名字的虫儿，一起演奏着一曲月夜交响曲。一只只萤火虫提着绿莹莹的小灯笼，穿梭着，萦绕着，就像置身于童话世界。多么美丽而有诗意的乡间夜晚！看电影的路上，最能体会到乡间夜晚的愉悦和美妙。

村路上走的都是急匆匆赶去看电影的人，人们扶老携幼，浩浩荡荡，像是去赶乡会。到场后，来得早的坐在前边，来得晚的坐在后边，来得最晚的站在后边，或干脆站在板凳上。麦秸垛上，房顶上，墙头上，砖堆上，人头攒动都是观众，整个场地热闹非凡——说话声，呼唤声，吵闹声，嬉戏声，吹口哨声……荧幕前人山人海，所有人都很亢奋，像是过大年般的热闹非凡。

当放映机的光柱投放在白色的银幕上，背景上弹出几个字幕"长春电影制片厂"或"上海电影制片厂"，所有声音戛然而止，喧嚣的场面立刻安静下来。光束中空气的颗粒非常清晰，纷纷扬扬，杂乱无章。在正式电影放映前，一般先放"加演片"，内容大都是果木剪枝、棉花打杈，病虫害防治、春季育苗等与农业生产密切相关的科普知识。通过电影这种形式的科教宣传，直观形象，使广大农民受益匪浅，增长了农业科技知识。

电影开始了。白色幕布上，展示着局中人形态各异的人生和恩怨情仇，演绎着各色人物的悲喜人生。所有人的大脑都被剧情占据了，追随着故事情节的发展，表现出各种神情，或张大嘴巴，或潸然泪下，或开怀大笑，或惊叫出声。那一刻，地里收成，邻里纷争，家长里短……都已置之脑外，情感只随着剧中人跌宕起伏。孩子们感兴趣的事情还有投影游戏，趁着换片或等片的空当，在放映机的镜头前做着各种手势，扔帽子，举板凳等，看着荧幕上的影像欢呼雀跃。情窦初开的少男，眼神飘忽不定，在人群中搜索，看到心爱的姑娘，眼睛立刻变直发亮了。

那些年代的电影多是战斗片，记得有《渡江侦察记》《平原游击队》《地雷战》《上甘岭》等，看得我热血沸腾，心潮起伏，一次次流下了感动的热泪。是啊！正是由于革命先烈们南征北战流血牺牲，才换来了今天的幸福与和平，才有了今天的美好生活。我们生在新中国，长在红旗下，有吃有喝有玩，怎么能不好好学习？怎能不热爱自己的祖国？记忆深刻的还有乡村喜剧电影《喜盈门》《咱们的牛百岁》等，人物性格分明，表演朴实大方，剧情引人入胜。唐国强与李秀明主演的神话电影《孔雀公主》等，王子和公主的故事，引起少女时期的我无数的遐思和向往，镌刻了我的身体发育和心灵成长……那个时代的电影给我带来了无尽的欢乐，带来了丰富的知识营养，更带来了昂扬向上的力量，让我懂得了真善美和假恶丑，懂得了感恩，学会了思考生命的意义。

不论是皓月当空，还是星斗满天；不论是炎炎盛夏，还是凛冽寒冬，只要有电影，我是一定要去看的。演过一片后，后边的片子还没取回来，就傻乎乎地坐在那里等，等得时间长就会瞌睡。有一次在邻村看电影，等片的中间不知不觉睡着了，醒来后周围一个人也没有。迷迷糊糊往家走，走了一段路才发现路走反了，赶紧拐回去。心里还一直在懊悔，错过了电影后面精彩的部分。

那时候我年龄还小，入剧情太深。印象最深的是在我上小学三年级的时候，有一晚看了电影《画皮》，这是一个改编的聊斋故事，情节很让人惊悚。当天晚上看完电影回家的路上我就很害怕，老是觉得身后有脚步声，想象是剧中的"鬼"跟在我后边。当我深一脚浅一脚回到家后，睡觉也感到很害怕，蒙上被子也能看到"鬼"，以至于后来早上不敢到学校上早自习。这一直笼罩我心头的阴影直到多年以后才慢慢消除。还记得看过《神秘的大佛》，里边也有很多惊险的场面，看到这些镜头我就赶紧捂住眼睛。从这一点来说，有些电影是不适合小孩子们看的。

时代在发展，社会在进步，影像的传播形式、手段更是日新月异。当年难得一看的是黑白电影，如今电影院早已遍布各地，电视、互联网花样多彩，就连手机也能随时随地看大片了。但是，看过的越多，发现经典的越少，不由地让人更加怀念记忆中那些露天放映的老电影了。

养鸡的记忆

每当我经过农庄，看到农家房前屋后悠闲踱步的公鸡和母鸡，总是能清晰地想起童年养鸡的往事。

春天，枣花盛开的日子里，母亲赶集回来，用纸箱带回十几只欢蹦乱跳的小鸡娃。毛绒绒的小鸡憨态可掬，披一身金黄色的绒毛，尖尖的鹅黄色的小尖嘴，又黑又亮的眼睛，如同黑宝石一般。细细的小腿，两只小爪是嫩黄色的，脚爪的后面还有一个突出的小趾。小鸡一个个睁着圆溜溜的小眼睛，叽叽地不停地叫着，聚在一起在地上滚来滚去，像一只只金黄色的小绒球，可爱极了。

母亲便把新碾的小米用开水烫一下，放在纸箱里让小鸡吃。叽叽乱叫的小鸡便一窝蜂似的跑过来，你争我抢地啄食起来。从此以后，每天闲暇撒米喂鸡，就成了我的一大开心趣事。天气晴好的日子里，母亲还把小鸡们放到院子里有太阳的墙根下，让它们晒晒太阳。小鸡们你追我赶，跑着跳着开心极了。

小鸡在我们的精心呵护下长得很快，几天后个头长高了，翅膀处也长出了白亮亮的羽毛。它们在院子里叫着撒着欢，到处觅食。我饶有兴趣地把墙角处的砖头瓦片翻起来，下面就会有各类虫子被惊动，惊慌失措地跑出来，西瓜虫、蚯蚓、蛐蛐……这些都是小鸡们最喜欢吃的食物。一只小鸡，叼起虫子起身就跑，后面几只小鸡伸长脖子拼命追赶，往往把我逗得哈哈大笑。

小鸡们长高了，羽毛丰满，长出了翅膀和尾巴，外貌特征已经能分辨出母鸡和公鸡了。母亲带着我，搬砖又和泥，在前院影壁墙后面搭建了一个鸡舍，模样就像是缩小版的二层楼房，通风、透光、新颖。夜里等小鸡们在纸箱子里卧下休息后，我和母亲提着灯，一只只捉住放到它们的"新房子"里。鸡子们鬼机灵得很，第二天就能主动进到"新家"休息了。

搬进"新家"后的鸡宝贝们开心极了，它们白天张开翅膀在院子里东跑西跳，相互嬉闹，玩累了便卧在树荫下小憩，还有的伏在刚刨出的小土坑里打滚扑腾，然后站起来伸伸懒腰抖落几下身上的尘土，再去四处觅食。有时候它们还会到沙坑边吃沙子。记得我第一次看到鸡子吃沙子后，惊慌失措地跑去告诉母亲。母亲扑哧一声笑了，她告诉我，鸡吃沙子是为了肌胃，也就是嗉囊利用沙子，因为鸡没有牙齿，石粒可以更好地磨碎食物，使食物更好地消化吸收，对产蛋鸡来说，由于蛋壳含钙多，鸡需要补充钙，沙子、石粒被消化吸收后，补充产蛋鸡对钙的需要。原来是这样，真神奇！

为使鸡宝贝们成长得更快，我每天上学都带一个篮子，放学后去地里采回一些野菜，用菜刀剁碎了让这些鸡子去争抢啄食。有时母亲还会去地里捡一些菜农扔掉的菜帮菜叶带回家，剁碎后用残汤剩饭拌点糠或麸子，倒入食槽喂鸡。

转眼到了第二年春暖花开之时，鸡群里的小公鸡渐渐出落成了威武神气的大公鸡，长着大红冠子，披着华丽的外衣，也不知道从哪一天起还学会了打鸣，每天凌晨在鸡窝里伸长脖子打鸣报晓，催我早起上学去。小母鸡们也都出落成了千娇百媚的大母鸡，一个个俊气可爱，披着异彩纷呈的外衣——有黑光发亮的黑麻鸡，有洁白如玉的白洋鸡，有缤纷多彩的花俚鸡……母亲在后院搭好了生蛋的窝，里面还铺上软绵绵的麦秸，等着母鸡们生蛋。

家里经济极其困难，这些鸡就是摇钱树，生蛋可以卖钱。那时候一个鸡蛋也就是几分钱，但卖鸡蛋所得的钱为家里换回油盐酱醋、煤油、火柴、洗衣粉、肥皂等，还会给我们交学费、买学习用品。遇上小贩拉一辆装满七彩用品的架子车走村串巷，我们可以用鸡蛋换取想要的小商品，发夹、皮筋、红头绳、泡泡糖……我上学时的一些笔和本子等学习用具也是用鸡蛋在小商贩那里换来的。

记得一天下午，从后院传来了"咯嗒咯嗒"的叫声，我喜出望外地来到后院。只见洁白的麦秸上，放着一枚滚圆雪白的大鸡蛋，上面还有几圈血丝。我急不可待地把鸡蛋抱在怀里，热乎乎的，还带着鸡妈妈的体温呢。从那以后，每天到后院收鸡蛋就成了我最开心的时刻。自己家人是不舍得吃鸡蛋的。家里来了客人，母亲会打两个荷包蛋招待；去看望亲戚朋友，母亲会带上几个鸡蛋当礼物。攒到十几个鸡蛋的时候，母亲就拿到集市上卖掉，家里的日常开销就有了保障。可以说，我们的成长之路是母亲养鸡卖鸡蛋铺出来的。

有一次，哥哥生病了，母亲给哥哥做了一碗鸡蛋花面条，我在旁边看得口水直流。想着生病真好，就可以吃到鸡蛋花面条了。于是我故意淋雨，在大冷天穿很少的衣服，终于有一天把自己折腾得发起了高烧，母亲也便做了一碗鸡蛋花面条给我。可是我却食之无味，吃不下。这才知道自己想吃鸡蛋花面条付出的代价太大了。

后来，我们兄妹都考上了学校，家里生活条件也改善了很多。每次回家，母亲总是把积攒的鸡蛋给我们煮了吃，让我们带到学校吃。一生不吃荤的母亲，鸡蛋是她可以吃的最有营养的东西，而她却总是不舍得吃。

现在，父亲去世了，母亲年纪也越来越大了。在我们的反复劝说下，母亲终于答应吃鸡蛋增加身体营养了。于是我们隔段时间就买一些鸡蛋给母亲送去，以保障母亲每天都有鸡蛋吃。

母亲用卖鸡蛋铺垫了儿女的成长之路，我们要用买鸡蛋铺垫起对母亲的感恩之情。

红薯情结

又到了秋后红薯成熟的季节。每当喝着红薯汤，吃着自己腌制的萝卜丝菜，童年与红薯有关的记忆总会潮水般涌上心头。

我从小喜欢吃素，而素食中尤为喜欢的，就是红薯了。为此，母亲很担忧，一是怕我长期吃素营养不良，二是农村人笃信喜欢吃红薯就是个没福的"红薯命"。为了让我多吃肉，母亲费了不少心思。我两三岁时，母亲听说了一个偏方——红肉在鏊子上烧干了磨成粉吃下去，会治不吃肉的"病"。母亲便把红烧肉烤干做成肉粉，哄我吃下去。我勉强吃了一口，就开始翻天覆地地呕吐，差点把肠子都吐出来。从那以后，母亲对我不吃荤，没了主意。而不吃荤的我慢慢长大，身体一直很棒，感冒发烧都很少，母亲也便渐渐释然了。再后来我考上了学校，成了一名教师，再次以事实证明了爱吃红薯不一定就是"红薯命"。

我的老家属于丘陵地带，沟沟坎坎的坡地、洼地很多，很适宜种红薯，所以红薯就成了我们的主粮，各家各户都在种红薯。记忆中的红薯，有白心、黄心、紫心。白心红薯个头大，产量高，水分少，含淀粉多，所以种的最普遍。黄心的红薯我们俗称"五三红薯",水分较多,口感较甜,但产量较低,所以种植少,一般农家只种少部分自己吃。紫薯产量最低,但质地鲜艳,营养价值高,经济价值不菲,所以种的人也不少。

阳春三月,庄稼人便开始打理春地,准备种红薯,有牛的用牛犁,没牛的使镢头翻。庄稼一枝花,全靠地当家。松好地后,再用耙整平,把整块地弄得松松软软的,准备栽红薯。

打理春地的同时,父亲在家里的红薯苗池里,铺上一层厚厚的农肥,把往年入窖前,就挑好的身材细长的优质红薯母一个个摆好,水浇透,土围严,再用塑料薄膜,往池两侧的矮墙上一蒙,中间担上细竹竿,一个养殖红薯芽子的塑料大棚就落成了。正午的太阳暖洋洋的,父亲掀开塑料薄膜,让红薯母晒晒阳光,喝喝水分,再盖上。很快,红薯母发芽了,幼芽得到了阳光水分的充分滋养,蹭蹭蹭地往上长,三五天就可以薅出来移植栽种了。薅过一茬后,很快就能再长上来一茬,桌子见方的红薯池培育出来的芽子能种好几亩地。每年这个时候,亲戚邻居之间,常常是你薅我家的芽子,我薅你家的芽子,相帮相扶,其乐融融。

开始上坡种红薯了,父亲用大汽油桶在家附近的小河里装满一大桶水,放在牛车上拉着,母亲在芽子上面细心地洒上水,防止风干,用扁担挑上两篮子红薯芽子。年龄尚小的我们唱着歌儿跟在两边,一家人精神焕发,向坡上走去。到了自家地里,父亲用锄头抛红薯窝,母亲埋红薯芽子,而我们小孩子,能做的就是浇水和丢红薯芽子了。把大桶的水小心地放到小桶里,哥哥负责浇水,母亲不断提醒一定要把水浇到红薯窝里,别洒到窝外边,因为拉水太不容易。我和妹妹丢芽子。这活儿相对轻松,一个红薯窝,丢一棵芽子,三四岁的娃娃都会在蹦蹦跳跳之间做好。父亲刨的红薯窝总是深浅适宜,横竖都成行。在红薯窝里浇上适当的水,等水洇透后,母亲把芽子,往泥里一插,再把周围的土埋严实。地还没栽完的时候,水用完了。父亲熟悉周围的水源,他挑上两只水桶,向深沟方向走去。一袋烟工夫，父亲挑着两桶水回到了地头，扁担晃晃悠悠，水珠儿溅得老高。父亲黑红的脸庞上淌满汗水，在阳光下闪闪发亮。

红薯芽返苗很快，没几天，就开始扎根生长了。如果此时雨水丰盛，幼苗很快就可以再长出新的叶子。如果接连多日干旱，父亲会带上我们，挑上一担水，拿上一把芽子，到地里巡视一遍，进行补苗。

红薯苗像绿萝，绿莹莹地铺满一地生机，很快就爬满了地面。父亲细心地给红薯苗施肥、除草。红薯秧蓬勃生长，相互缠绕着，叶子遮满地面，密不透风。雨水丰盛的季节需要翻两遍秧子，否则红薯秧就会在周围的土地里扎根，结上很多小红薯，吸收主红薯的养分。

红薯的生长期有半年之久。霜降过后，地里的红薯秧打蔫枯黄了，红薯就该刨了。秋露霜寒，空中稀疏的星星在眨着眼睛，牛车拉着一家人，带着馒头、开水来到了地里，用镰刀割去一地红薯秧后，父亲就开始抡起撅头对准红薯窝刨起来了。一撅头下去，刨出来一窝红薯娃娃，大大小小，红的黄的，带着一身泥土的清香，横七竖八躺了一地。我和妹妹负责把红薯上的泥土掰得干干净净，哥哥负责刨红薯片。母亲把红薯片撒到刨过的红薯地里一片片摆好，让太阳晒干。母亲活干完后，会过来帮她的几个孩子，她总怕我们累坏了身体，长不高。就这样一直干到天黑，饿了吃点馍，渴了喝点开水。那时候家里有好几亩地，常常累得我直不起腰来，但是锻炼了我的毅力，让我懂得劳动的艰辛和创造价值的不易。

最后总要挑出一车模样好没有伤镢的红薯，拉回家下窖过冬吃。把大红薯摆到牛车草圈的四周，错落有致地垒好，剩余的红薯放到中间，最上面再铺上一层红薯秧子，趁着夜色拉回家。红薯窖位于离家不远处，是每家每户自己打的。由地面垂直向地下挖四五米深，壁上挖上一个个脚蹬手扶的小坎，在坑底对称着凿出两个大洞，里面放置红薯，可以保鲜不坏一直到来年开春，这相当于红薯的保温室。我最爱下红薯窖了，父亲用一个竹篮子系上绳子，把我和一盏马灯放在篮子里面，晃悠悠地送到窖底。父亲在上面把红薯一篮篮地送下来，我在下面接住，放到洞里。听着父亲在上面夸我是把干活的好手，我干得更加得心应手了。再大些的时候，我便能像猴子爬树一样在红薯窖内上下自如了。窖藏好后，洞口会放置几根树枝，上面再放点稻草盖好，防寒又防鼠。冬天外面冷，窖里面却是热的，下雪时洞口的热气会把冰雪融化，窖口烟雾缭绕。冬天可以随时到窖里取上一篮子红薯，一直吃到年后春色斑斓的季节。

　　如果天气晴好，晒在地里的红薯片，往往两三天就可以收回家入仓了。期间突遇风雨，全村人就得惊慌失措地一起涌向田间，那场景跟打仗一样惊心动魄。记忆最深的是我五岁那年，半夜里忽然风雨交加，全家人紧急出动上坡抢收红薯片。瑟瑟的风霏霏的雨，昏黄的马灯，泥泞的地面。我披着麻包片，顶着塑料布，冻得浑身瑟瑟发抖，双腿打颤。父亲说拾一篮子红薯片，奖励一分钱，我顿时忘记了饥饿寒冷。经雨的红薯片即使收回家也会发霉。母亲曾多次说过，发霉的红薯片磨成的面，吃起来又酸又苦，家里谁都吃不下去，幼年的我却吃得津津有味，胖乎乎的很可爱。看来我跟红薯真的很有缘啊。

　　整整一个冬季，村里多数人家的早饭、晚饭都是红薯饭。母亲把最小的红薯挑出来洗干净，囫囵放锅里煮好，美其名曰"小老鼠"，是小孩子最爱吃的佳肴。每到吃饭的时候，人们捯一碗红薯饭，夹些萝卜丝放到饭里，再拿上一个蒸红薯，到家门口找个向阳的地方就开吃了。村子里，石头上、墙根处、大树下，站着、蹲着、坐着，都是端着红薯饭在吃的人，欢声笑语在村庄的上空飘荡。

　　除了煮红薯，还有更好吃的，那便是烤红薯了。农家人冬天闲暇，可以围着一堆干柴，烤一整天火，日子就这样不紧不慢地在火堆边度过。烤火的材料是各种农作物的植株，或者根茎。找来几块红薯丢进火堆，当燃料燃成灰烬，埋在里边的红薯也已烤熟。流着口水，揭开渗着糖稀的红薯皮，黄澄澄香喷喷的烤红薯，立刻呈现在眼前，先用舌头轻轻舔一舔皮上的糖稀，再咬上一口，那股香甜味儿一直渗入心里，感觉比肉都鲜美。

最难忘的是下红薯粉了。每年红薯收回家后，村里很多人家都要做粉，先把红薯洗干净，放进机器里搅碎做成渣，用水过滤留下最细的淀粉晒干。准备一口大铁祸，烧一锅热水。挑选出来几个精壮的农村汉子，把红薯粉在大缸里用温水拌了搅成糊状，三四个壮汉挽起袖子，捋起胳膊，列队围着大缸沿转着圈，呼哧呼哧的用胳膊在缸里捣腾起来，直到黏糊糊的胳膊从大缸里难拔出来时，粉浆就可以用了。一个有经验的掌勺人，在带漏眼盛满粉浆的大铜瓢里，握着拳头，一拳拳地砸着，铜瓢漏眼里，露下去的条形粉浆，漏到了下面木材火烧得滚烫的热水锅里，翻滚几下飘起来，就成了清香嫩滑的粉条了。煮熟后挂在事先准备好的棍子上，像一挂挂帘子似的，然后一层层浇水，让它冻结实，晒干了就可以储存起来食用了。对于小孩子来说，最有趣的是去大锅里捞粉条。大锅里的粉条是总也捞不干净的，也许是红薯粉太滑溜不好捞，也许是大人故意留一些给馋嘴的小孩子做惊喜吧。孩子们每人拿根细棍子去大锅里捞，一根一根竟会捞上一大碗，回到家捣点蒜泥拌了吃，香喷喷滑溜溜的美味极了。冬天储备的干粉条，我常常抽上几根，跑去放进火炉里烤着吃。随着哧哧啦啦的声响，焦糊味掺和着薯香味传入鼻孔，粉条一下子变得又白又胖，吃了饱腹又解馋，为童年增添了无限趣味和斑斓色彩。

红薯浑身都是宝。可以煮着吃，蒸着吃，烤着吃，油炸吃，味道香甜，还不用担心添加剂与农药残留。红薯叶是天然的含叶绿素最丰富的青菜，红薯秧能喂牛羊。红薯片磨成面，揉成窝窝头，放到糁汤里煮着吃；还可以做成红薯面条，红薯面馒头；或是和白面卷在一块儿，做成花卷馍；或是做成粉子，制成凉粉、粉条；更有那红薯熬成的糖稀吹成的充满童真童趣的形态万千的糖人……一句话，红薯虽平凡，却能吃出人间百味。

花开花落，沧海桑田。如今我生活在小城里，生活富足，但却一直有着浓郁的红薯情结。童年秋阳下收红薯、吃红薯的画面，成了我人生岁月最为唯美的回忆。

家乡的枣糕

"仰头望明月,寄情千里光。"日月轮回之间,八月十五中秋节已经到来了。

中秋节的习俗很多,形式也各不相同,有赏月、观潮、吃枣糕、吃月饼等,其中最富有乡土气息和妈妈味道的则是吃枣糕。

伊川人中秋节吃枣糕的习俗由来已久。其原因之一是因为伊河岸边盛产小麦。清清的伊水从远古流淌而来,从容而安静,把潺潺血脉和缕缕触须伸向土地的罅隙,以丰腴的躯体滋润着身下肥沃的土地,也滋养着土地上的庄稼和村庄,伊河两岸盛产小麦。炎炎夏日里,到处是一片金灿灿的海洋,成熟的麦穗摇晃着沉甸甸的头,注视着脚下的土地,随着风儿尽情地唱着,跳跃着,发出哗啦啦的欢笑声。人们把黄澄澄的麦粒磨成白花花的面粉,一年的生活便有了盼头,人人脸上都荡漾着幸福的笑容。其二是伊河岸边的丘陵地带盛产枣树。枣树生命力强,房前屋后,沟边地头,几乎全有枣树,加上枣粮间作,满坡遍野,枣林绵延无际。"七月十五半红枣,八月十五枣落杆"。八月中秋,正是枣儿成熟的季节,"四野清香飘天外,千家小枣射红云"。珍珠玛瑙般的枣儿,拥拥挤挤,挂满枝头,红里透紫,晶莹如珠,讨人喜爱。打枣声、拾枣的欢笑声溢满乡村,丰收的喜悦撒满金黄的田野。这里的枣儿皮薄、肉丰、脆甜可口、营养丰富、色泽鲜艳、甘甜如蜜。中秋佳节,人们把家里的白面和红枣精心制作在一起,做成色、香、味俱全的枣花糕,即经济又实惠。一团面饼,几颗红枣,几分钟的时间在妈妈的手里变成一个漂亮精致、层层叠加的花糕,再蒸上半个小时,就成了热腾腾香喷喷的枣花糕,寓意"步步高升"。绵绵爱意与关怀,浓浓情意与祝福,尽融其间,寄托着人们对生活无限的热爱和对美好未来的向往。

枣糕,也被称为花糕、花馍,所用原料主要是上等面粉和红枣,种类主要有枣花馍和枣花糕两大类。面团和好后盖上保鲜膜,发酵到原面团的两倍大,把发酵好的面团揉成光滑状。红枣泡好冲洗干净。做枣花馍时,取一个拳头大小的面团,搓成长条,然后S形对着卷起来,中间卷上红枣。用筷子在中间夹一下,夹成四个圆。用刀在圆卷上各切至圆心,弄成花的形状;而做枣花糕取的面团较大,方法同枣花馍一样,因为比较大,一般直接在蒸笼上做成花糕形状。做成的花型较多,为八个或十二个,甚至更多,每个花型中间放入一颗红枣。若是做两层或多层的,可再多做一个叠在一起,且一层比一层做的小,一般三层到四层为宜,最后一层只剩下一个花心,中间放上红枣。叠好后的枣花馍和枣花糕上锅蒸熟即可。枣糕的糕与"高"同音,象征吉祥如意,寓意着日子红红火火,步步登高。花糕造型生动,情趣悦人,增强了节日喜庆的气氛,表达了日子蒸蒸日上的美好愿景。

浓浓枣糕香,依依故乡情。家乡的枣糕沉淀着岁月的沧桑,苦难的记忆。三十年前,人们还过着吃不饱,穿不暖的日子,那时候小麦产量低,人们平时不舍得吃白面,吃的都是红薯面做成的黑面馍,只有家里的劳力才能吃卷上薄薄一层白面的花卷馍。八月中秋节的枣糕,就成了当时最为奢侈的上乘美味,孩子们更是早早就期盼着中秋节的到来。中秋前夕,妈妈在厨房和着一团白面,孩子们眼巴巴地在旁边看着,想象着香味诱人的枣花糕,口水早已流了出来。好不容易等到枣糕蒸熟了,妈妈打开笼盖,啊,烟雾缭绕中,早有馒头和红枣交融的香味扑鼻而来。蒸成的枣糕是不能吃的,还要等到八月中秋夜祭拜月神后才能品尝。四十年改革开放,日月换新天。如今人们生活富裕了,枣糕早已不是期待的美食,但是却成为一种节日风俗流传下来,它代表着节日的喜庆和祝福,还给农家带来丰收富裕的喜悦,给淳朴的农人生活带来欢乐与吉祥。如今,伊川人家里结婚办喜事,还都要蒸上一个大大的枣花糕,上面插上松枝,挂上象征"早生贵子"的红枣、花生、桂圆、莲子,以求吉祥如意。

中秋月夜,人们仰望天空如玉如盘的朗朗明月,自然会期盼家人团聚。远在他乡的游子,也借此寄托自己对故乡和亲人的思念之情。所以,中秋又称"团圆节"。我国人民在古代就有"秋暮夕月"的习俗。夕月,即祭拜月神。设大香案,摆上月饼、西瓜、苹果等祭品,其中枣糕是绝对不能少的。在月下,红烛高燃,全家人依次拜祭月亮,然后由当家主妇切开象征团圆的枣花糕,先递给老人,再分给孩子,全家人开开心心地在月下品尝,品尝出思念远方亲人的味道,也品尝出浓浓的乡愁和妈妈的味道。

"枣糕香,枣糕甜,大圆枣糕香又甜,送给亲人尝一尝……"按照我们伊川的风俗,八月中秋是老妈提着枣花糕看望出嫁女儿的日子。两鬓染霜的老妈妈,在家亲手做好大枣糕,节日那天把整个大枣花糕放进红篮子,盖上红布,提着去看望女儿,祝愿女儿一家生活比枣甜,日子幸福美满。圆圆的面团,红红的枣子,融入了爱和思念,蕴含了关切和期盼,包裹了温馨与甜蜜,串起了血脉相连的亲情和回忆。

走亲戚

过年的时候,走亲戚是一项很重要的议程。一年来亲戚之间各忙各的,只有过年才有闲暇来往走动,拉拉家常,道出一年来的酸甜苦辣,彼此之间架起一道血脉相连的情感桥梁。

每当这时候,我常常会想起小时候走亲戚的情景。

小时候,我走的最勤的是外婆家。母亲拉着我的手,穿过崎岖不平的村路,越过山溪流淌的山沟,来到蜿蜒伸向远方的山村公路。顺着公路一直往前走大约三公里,就到了外婆家的村口。村口的蔬菜地生机盎然,种着各色各样的蔬菜,西红柿、茄子、韭菜……还搭着一个看菜的茅草屋。记得有一次在外婆家村口,母亲问我:红,要是你一个人来外婆家,能不能找到呢?我机灵地四周望了望,指着菜地里的茅草屋很有把握地说:看见那个草屋往村里一拐,就到外婆家了。母亲说:那要是草屋扒掉了呢?我一下子被问住了,心想草屋怎么会扒掉呢,扒掉了还怎么看菜地呢?幼小的我,哪里懂得人世间的沧海桑田啊。

舅舅那时候在省勘探队上班,家中有外婆、舅母、表姐、表弟四口人。表姐比我大三岁，表弟比我小两岁。每次一到外婆家，我要做的第一件事情就是钻进表姐的房间，打开她那个储存故事书的箱子，一头扎进故事中再也不愿意出来。故事书有《杨家将》《岳飞传》《三国演义》《红楼梦》《水浒传》《西游记》《铁道游击队》等成套的连环画，也有《成语故事》《故事大王》《安徒生童话》《格林童话》等成册的故事书。我喜欢看大仲马的《三个火枪手》和小仲马的《茶花女》，也就是那时知道了大小仲马是父子作家。我沉浸在书里，书香里的王子和公主，英雄和美女，常常引起我无数的遐思和向往。母亲和外婆、舅母唠叨着家长里短，一转眼到了吃中饭的时间，我在外婆、母亲一声接一声的呼唤中极不情愿地走出屋子，胡乱地扒拉几口饭菜，就又钻到了表姐房间。饭后母亲催我回家，我哼唧着不愿走，说让她再陪外婆多说一会话。外婆看透了我的心思，就会提出让我住几天再走，母亲也便只好一个人回家去了。

外婆家院子很长，对面住着外公兄弟家的后人，两家共用一个院子。记忆中房子是泥墙青瓦的那种，瓦上面长满了苔藓，还零星地长着几株蕨类植物，阳光照下来，叶片亮晶晶的。有角度能看到前面房子的屋顶，黑色层叠的瓦片，上面生长着很多瓦松，外婆养的老猫一蹿便上去了，蜷缩在上面睡觉。院子的最前边有一棵很粗的老槐树，样子很像我看过的神话电影《天仙配》中能开口说话为董永和七仙女证婚的老槐树。没人知道树龄几何，只知道每当晚春时节，它就会开满一树洁白的槐花，芬芳弥漫了整个村庄。时代的久远，一代又一代的成长，给古槐树蒙上了一层神秘的色彩，也便有了很多活灵活现的灵异传说。后来外婆家翻盖房子，老槐树很碍事，但没人敢动它一丝一毫，所以直到今天古槐树还生长在老地方。前不久我随母亲到外婆村看望表弟一家，还看到了这棵老槐树，感觉好像没有幼年时那样枝繁叶茂摇曳多姿了，不知是什么原因。

出了外婆家往左拐，不远处有一眼井水，很清很浅，井上没有装辘轳，把桶放进去就能提上来一桶水。院子右侧几百米远，有一座庙宇改成的小学，还没上学的我经常跟着表姐到学校玩，认识了很多小伙伴，玩得非常开心。

十年生死两茫茫。如今，舅父、外婆、舅母已先后去世，他们的声音，他们的笑容，只能在梦里回想。那井水、那学校也早已不复存在。以往相处时快乐的时光，只能在夜深人静时分独自默默想念。怀念，那些温暖的日子。

除了外婆家，幼年走亲戚还经常去姑奶奶家。上了村东头的山坡爬到铁路上，沿着铁道线走二三公里，再穿过一个涵洞，远远看到有一个小山岭，散落着几十户人家，那便是姑奶奶家了。鸡鸣阵阵，犬吠声声，山村一派祥和安宁。走在曲折的山村小路上，不时会看到拿着农什的老农。

在姑奶奶家我最喜欢做的事情是到山下竹园玩耍。出了村子有一条曲折的山路通往山下，那里有一个四季常青的竹园，万竿修竹含绿吐翠，随风摇曳，四季常青，一派生机。竹园中又一汪清泉，村里的人都来这里挑水吃。泉水深而清冽，源源不断地流淌着，养育了一代又一代的村民。玉带一般的泉水，四季氤氲着迷人的烟雾，环绕着整片竹林，把竹子滋养得青翠欲滴，也滋养了成群的小鱼小虾。鸟声啁啾，花草葳蕤，空气中弥漫着淡淡的花香和清新露水的味道，静谧而悠远，风一吹，荡漾成海，如同世外仙境一般，为山村增加了无限生机和灵气。我常常迷恋在这里，采竹笋，摘野花，玩泉水，捉鱼虾、小鸟、蛐蛐、蜻蜓……乐而忘返。

姑奶奶是一位个头矮小的小脚老太太，她对我们比自己的孩子都亲，她最常说的一句话就是"宁舍自己亲生子，不舍娘家一条根。"她常把好吃的东西藏起来留着等我们到她家时吃，吃不了就带回家。其实很多吃的她老人家拿出来时，由于放的时间久已经发霉变质了，但她依然乐此不疲，似乎只有亲眼看到娘家人吃到好东西她才开心。姑奶奶特别会讲故事，她和我奶奶姑嫂两人感情笃厚，经常睡在一张床上谈心，我也就经常和她二老挤在一块睡，借机缠着要姑奶奶讲故事，姑奶奶讲的《傻大嫂》的故事，诙谐的语言加上滑稽的表情，把我逗得哈哈大笑；姑奶奶讲的《火龙衣》的故事，让我常常想入非非，奢望自己也有一件冬天穿在身上能出汗的"火龙衣"；姑奶奶讲的《八百老虎闹北京》的故事，让我懂得了动物也是有感情的，要以博爱之心善待一切生灵……乡村的夜晚万籁寂静，我在姑奶奶的故事中进入甜美的梦乡，梦中也是故事情节的延续。姑奶奶一生积德行善，养的五个儿子，有三个曾在县里为官，这一点，谁能说不是来自山村的灵气和姑奶奶一生行善的福报呢？

姑爷是一位个头高高瘦瘦，眼睛大大的老头儿，他不爱说话，但是和姑奶奶一样心地善良。姑爷心灵手巧，他会用山下竹林的竹子做成各种各样有趣的玩具，如绷子，把小石头放在里边会弹出来，用来捕捉小鸟；如小扁担，两头还挂着玲珑的小竹篮，等等。每次见到姑爷，他都会拿出很多他做好的竹子玩意儿，每一个都让我惊喜不已，爱不释手。

后来姑爷去世了，又过了十多年，姑奶奶也作古了，我从此便没有再去过那个小山村。然而那片秀美多姿的竹林，和那一汪潺潺流淌的清泉，却在我的心头久久萦绕，起伏成了一汪碧翠的湖泊，让我魂萦梦绕。

岁月催人老，不老的是亲情。童年时期走亲戚的时光，让我懂得亲情的珍贵，也常常引发我对现实社会的思考。

那年赶集

小时候，我最大的乐趣是跟着父母亲到县城赶集。

那一年我八岁，家里粮食大丰收，父母亲到粮站把粮食粜了，换回一沓钱，他们脸上乐成了一朵花。

冬天的早上，天还未亮，父亲就开始摆弄架子车，准备带着我和母亲到县城办年货，母亲叫我起床，说：快起来，到县城去赶集！我一听，一骨碌爬起来。我最喜欢和父母去县城赶集了，去年赶集父母亲不但给我买了过年的新衣服，还给我买了美味的虾米，带我吃了包子，那神奇的味道在我嘴里香了一年。虾米是红彤彤的鲜，包子是羊肉的馅，一想起来就口水汹涌，今天又要吃到好东西啦！

母亲带了几个蒸馍，那是她和父亲中午的午饭，他们是不舍得花钱买吃的东西的。父亲拉车，我盖着被子坐在车上，母亲跟在车的后面。晨光熹微中，清冷的风吹着，我们走过村子里坑坑洼洼的小路，上了去县城的公路。

一路上我都在盘算着今天赶集吃点什么才能过过嘴瘾，我想起了班里父亲在外工作的同学小丽，隔三岔五会拿"面包"到学校吃，那个叫"面包"的东西可真诱人，烤红的面包表皮上，浮着一层酥嫩嫩的油花花，软软的像棉花一样，奶油的香味在教室里蔓延着，馋得同学们不停地吞咽着口水。有一次，我忍不住拿几张空白作业纸，和小丽做个交换，自己终于吃到了一小块面包。天，味道香甜香甜的，真是人间美味。我在嘴里品滋咂味了半天，从此记住了这种味道。

我暗暗地想，这次到县城一定让父母多给我买几个面包，好好解解馋。

伊河是家乡的母亲河，自南向北缓缓流淌，昼夜不息。那流淌了千年的河水，养育了一代又一代的伊河两岸人，伊河两岸稻田纵横，稻花飘香。伊河东岸是我的家乡，过了河上唯一的桥，就来到了河西，也就是县城所在地了。听父母亲说，早些的时候，伊河上没有桥，人们都是用绳子拉着木舟过河的。其实我倒是很想体验一下坐木舟的滋味，感觉在水面上荡漾一定很好玩。

正是年关，四乡五里的人都到县城赶集买年货，摊贩林立。有炸麻糖（油条）的，有卖硝盐的，有卖针头线脑的，还有卖虾米的……人群多的，好象天上的浮云一样望不到边。吆喝声，叫卖声，嘈杂声，连成一片。我对卖虾米印象最深刻，它是从伊河水里捞上来的一个个小虾米，洗干净了经过黑底砂锅的慢炖温酥，变得色泽金黄，色香味俱全。卖虾米的用大竹篮盛着大半篮子虾米，蹲在路边等人买，赶集的人群中弥漫着一股虾米的清香。而年少的我，置身于人群中，总能准确地嗅出卖虾米的位置，然后拉着母亲贴上前去，吸动着鼻翼，不停地咽着口水。母亲看我馋的样子，赶紧跟卖虾米的搞价钱，二分钱一勺。所谓一勺，就是吃饭的小勺子盛满为止。母亲一下子给我买了五勺，共一毛钱。卖家用白纸包好递给我，我一边走一边吃，咸咸的，鲜鲜的，好久没有吃到这么好吃的东西了。

五小勺虾米，我自己吃点，还要留点带给家里的妹妹。母亲问我还想吃点什么，我脱口而出说面包。母亲问我面包是什么样子，我想了半天，诺诺嚅嚅地说是面做成的，圆形很松软，味道香香甜甜的，表面烤得金黄黄、油光光的，好吃极了。

父母亲带我买面包。找了好几家店，有卖包子的，有卖馒头的，有卖油条的，就是没有见到面包，我不禁有点失望。父亲让我和母亲在路边等着，他出去转了一圈，回来对我说，我见到你说的面包了，快跟我来。我一听惊喜万分，跟着父亲乐颠颠地来到一个饭店门口。我在外边等着，父亲进去了，一会儿买了两个"面包"出来了。我一看，不太像面包啊，长方形，有一面烤成了焦黄色，闻起来也没有面包的那种奶香味。但是父亲坚持说这就是面包。于是我就掰开尝了一口，感觉跟馒头差不多，但是比馒头香，却感觉远没有面包香甜好吃。我实在是饿了，就大口、大口地吃起"面包"来。父亲和母亲拿出他们带的馒头，到卖锅贴的饭店要了一碗白开水，津津有味地吃喝起来，这就是我们的午餐了。后来我到洛阳上学后见的多了，知道父亲给我买的这种"面包"叫做"锅贴"。

正换牙的我，有一颗乳牙被挤到牙龈边硬生生不脱落，很影响美观。饭后，母亲就跟父亲商量，趁着这次赶集，到医院把我这颗顽固的牙齿拔了。父亲还要去置办年货，母亲带我去了路边一个牙科。我坐上凳子，医生打了一针麻药，一下子就把那颗牙拔出来了。母亲问多少钱，医生说九毛。母亲愣了一下就出去了，留下我一人坐在拔牙的凳子上。我捂住嘴巴左等右等，终于等来了母亲。原来她去找父亲要钱去了，她口袋只装了五毛钱，原以为拔一颗牙足够了。

父亲还在购买年货，母亲带着我去百货楼买过年的衣服。百货楼是县里最大的百货商场，在二楼我看中了一件夏装，半截袖的粉色纱料，泡泡袖，那是我期盼已久的款式。一问价钱要五元钱，母亲说给你和妹妹买过年衣服一共准备花五元钱,你现在买件夏天的衣服过年也穿不着还要这么贵。我不说话,眼睛却一直盯着那件夏衣。母亲看着我难舍的眼神,终于心软了,决定给我买下,我高兴得一蹦老高。接下来母亲又花了四块钱,扯了几尺花格子布和几尺蓝布,回家给我和妹妹做过年的上衣和裤子。那时候,整个冬天我们穿的都是母亲做的棉衣棉裤,袖口磨得发亮,过年表面套一件新衣服就新崭崭的了。至于穿秋衣秋裤,那是到了初中以后才有的事情。记得那时候谁的棉衣里面套有秋衣秋裤,是一定要在袖子末端露出一截来故意"炫富"的。

我和母亲出了百货楼。路上我问母亲怎么不给她和父亲扯布做新衣服,母亲说过年都是给孩子们过的,他们大人是不需要穿新衣服的。我心想还是做小孩子好啊,可以穿新衣还有压岁钱,但愿我永远不要长大。

母亲和父亲约好在老戏院门口见。出了百货楼顺着公路往东走二百米,就到了老戏院。我到这个戏院看过一次戏。那次邻居弄到了戏票,请我家一起来看。也是冬天,奶奶拉着我上了邻居的拖拉机往县城赶,为了节省位置,所有人都站着。天黑漆漆的很冷,我夹在大人中间什么也看不到,只听到耳畔传来呼呼的风声,我冻得瑟瑟发抖。进得戏院,戏已开场,演的是《鞭打芦花》,舞台上做官的父亲正举着鞭子打自己的儿子,把后母做的棉衣打破了,棉衣里面的芦花,飘飘洒洒飞满天。父亲明白了一切,大放悲声。剧情很悲怆。我个头矮看不到,就站到了凳子上,看着、看着也进入剧情流下了泪水。我偷偷看了一眼两边,光线黑暗,人影模糊。映着舞台的灯光,能看到好多人的脸上也都挂着泪花。台上的戏,丝丝入扣,不时变幻着绚丽的景象,锣鼓铿锵,唱腔嘹亮;台下的人,浸在戏里,时不时传来鼓掌声、叫好声。那年头的票价好像只有两毛钱,但是农村人是不舍得花钱看戏的,我们过年可以看到免费的大戏,村里自己搭建的戏台子,印象最深的是《穆桂英大破天门阵》《秦香莲》《包青天》《陈三两》……

一抹斜阳，透过公路边的杨树梢，将一缕金黄铺洒在县城的长街上，两边的店铺慢慢地开始关门。父亲买好年货拉着车子走过来，车上装满琳琅满目的年货——点心、木耳、腐竹、海带……准备启程回家了，我依然坐在车子前边，母亲在后边，帮着推车，满怀喜悦地往家走去。大街旁边的喇叭里，路边的喇叭里传来雄壮的歌曲声："小喇叭现在开始广播了——"天真的童声激情响起，然后是悠扬的喇叭声，"嘀嘀嗒嘀嘀嗒嘀嗒——"我的思绪也跟着飞扬起来。

人间花开花落，世事沧桑巨变。幼年时期赶集的时光，闪着盈盈清光，氤氲成时光中一抹绚烂的嫣霞，成为我最深的思念。它留下了苦难的记忆和生命中的悲欢离合，承载了绵绵不断的亲情和期盼，也让我对现在的生活更加珍惜。

回到老家

　　置身于小城中，在拥挤与摩擦中浑浑噩噩地度过了一天又一天。岁月的冲刷，生活的繁忙，让我几乎无暇顾及那曾经哺育我长大的老家。偶尔，坐车从她身旁经过，我赶紧翘首张望；间或，她如山间的云雾，若隐若现的出现在我的梦境。

　　这个周末，再也按耐不住思乡之情的我，开着车，回到了久别的老家。

　　近了，近了，亲切熟悉的土地，醇厚醉人的草香，思念已久的小河，空气中还混杂着泥土的芬芳，这一切，是多么的熟悉，而又有点陌生。这，难道就是我魂牵梦绕的故乡吗？一切的一切，洋溢着我童年多少绚丽的梦想。一股激动的情绪在心中回荡着，感情的闸门被打开了，像潮水般放纵、澎湃、汹涌，往事如烟啊……

　　我的老家在乡下，我是在农村长大的孩子。从懂事起，我就很少享受到在家中休闲的滋味。除了上学，其余时间均穿梭于林间沟谷，从事繁重的农活，种麦割麦、插秧收稻、锄地除草……一年又一年，寒来暑往，我的手上布满了茧子，也练成了一把劳动的好手。在那些艰难的日子里，我在劳动中体味生活的酸辛和乐趣：农闲时，我背着背篓牵着牛到山间去放牧、割草，偶尔发现悬崖上红艳艳的山果，冒着掉到山沟里的危险也要摘下来品尝。休息的间隙，我拉着树枝荡秋千，或用柳枝拧成柳笛，放在嘴边吹出好听的曲子。发现一片繁茂的山草，我高兴得放声唱起山歌"山丹丹花开花又落……"镰刀很锋利，经常一不小心割破手指，鲜血直流，我就用手紧紧捏住，再用草叶包扎一下。草丛中有很多野蜂窝，我把镰刀刚放到草上，"嗡"的一声，野蜂四散而起，向我扑过来，我赶紧趴到地上，拼命抱着头，但手上、身上、脸上还是会被蜇出几个又大又红的毒疙瘩。太阳快要落山了，我把割下来的草，收集在背篓里，整理成冒尖的一大篓子，在夕阳的余辉中，背负百多斤重的草篓，佝偻着腰，步履蹒跚地牵着牛向家的方向移动……

春天是万物萌发的季节，路边的小野花在眨着眼睛，我找一处草儿肥美的山沟，一边放牛，一边到处找野菜挖了回家腌着吃，绿葱、小蒜、野芹……渴了就喝一口沟里清凉的山泉水；夏天热辣辣的阳光在繁茂的枝叶下就不那么刺眼了，我到槐树上捋槐叶，把艾草连根挖出来，晒干后换钱上学；秋天农忙之后，最常做的事情是带上一把镢头和一个编织袋，到地里寻找遗留下来的红薯，刨出来背回家煮着吃；冬天的雪景像一幅水墨画，我在欣赏它淡雅的同时再添上一抹暖色——让牛在山坡上吃枯草，自己找来干枝枯叶堆放在一起点燃取暖。我经常骑在牛背上唱着："走在乡间的小路上，牧童的短笛是我同伴……"也经常到水田或小溪里捞虾、捉鱼、摸螃蟹……遇上农忙时节，我就放下书包停课种地，鸡鸣而起，半夜才眠，顶着太阳劳作，渴了喝点白开水，饿了啃点干馒头，累得浑身酸痛躺下就再也起不来。因为农活繁重而劳累，学校成了我向往的天堂，读书成了我休息的方式，既轻松又愉快。那时候，我是多么羡慕城里人的生活啊。正是在这种动力的驱使下我考上了学校，离开了生我、养我的故乡。

花开花谢，潮起潮落，转眼近二十年过去了。如今，以往在老家的岁月都化作了一种绵绵的眷恋，时时萦绕在心头，挥不去，抹不走，那些苦与累也就成了甜美的记忆。回忆在往事中，聆听着老家熟悉的声音，恍惚之间觉得自己又回到了童年，正无忧无虑地跳跃于田间地头，正自由自在嬉戏于清清小河，正欢乐无比地奔跑于麦场谷场……往昔缤纷的一切似在昨昔，不知不觉间已泪眼模糊，是兴奋？是依恋？是怀念？是惆怅？说不清楚，或兼而有之。

老家啊，您的女儿来看您了，离开了喧嚣复杂的世界，无所顾忌地投进您的怀抱。只有您，能读懂女儿的心；只有您，能让女儿的心归于平静。真想永远待在您的怀抱里啊，不想世事，不恋红尘，与世无争……

那条小河

　　故乡的西边有一条小河，弯弯曲曲地由南向北流淌，岁岁年年，不知疲倦！孩童时期，小河是我最喜爱的乐园。

　　夏天，炎热的中午，我和伙伴们常常挎个竹篮，拿个水盆和编织袋，到小河里捉鱼虾。那时，故乡的小河宁静、饱满而清澈。我和小伙伴们放下盆子，用竹篮子在河水绿油油的水草里捞着，每一次都能捞上来很多活蹦乱跳的鱼虾。把水草和其他杂物扔掉，把鱼虾小心地放到水盆里。只需半天工夫，就能捞到大半盆。我们把盆子放在一起，围起来欣赏着这些"战利品"，心里乐开了花，叽叽喳喳地叫着，像一只只雀跃的小鸟。

　　鱼虾捞得差不多了，就开始挖河蚌、捉螃蟹。顺着河蚌划过的印痕，在消失处有一圆形涡流，用手指往下一挖，河蚌就带着泥巴跟着出来了。发现危险它们滑嫩的小舌马上缩回蚌壳。它们有规则的纹络，有的边沿有浅浅的紫色。螃蟹则大部分藏在岸边石头下面，也有的在岸边水草下面的泥洞里栖身。我们翻开石头，往往就会看到螃蟹挥舞着两个大钳子张牙舞爪地横跑出来，一把抓住螃蟹坚硬的背甲，就不会被大钳子夹到手了。而从洞里掏螃蟹，却是富有冒险性的。记得有一次，我隐约看到一个绿草覆盖的洞里好像卧着一只大螃蟹，就心情激动地伸出两手掏了进去，把那只"螃蟹"一下子掏了出来，结果吓得我魂飞天外，惊叫一声扔掉就跑。原来那是一只一身疙瘩、模样丑陋不堪的癞蛤蟆。从那以后我再也不敢去泥洞里掏螃蟹了。

把河蚌、田螺和螃蟹装进编织袋里，背着袋子，端着盆子里的鱼虾凯旋而归。鱼虾、螃蟹爆炒成金黄色，不用添加任何佐料，加点盐味道就非常鲜美。河蚌洗干净了做汤喝，美味可口，营养丰富，是那时候最美的佳肴，那肥美的鲜味至今还留在我的唇齿之间。

小河边有许多大人洗衣服用的青石板，是我们落脚的好地方，上面滑溜溜的，坐在上面能打滑梯。我们常常从青石上跳到水里，在水里游泳，嬉闹，尽情宣泄我们的快乐。夏天，河边开满了各色野花，引来大大小小的蝴蝶，我们就可以采花，编成花环戴着头上，在水里照个影子，美美的。这个时候顽皮捣蛋的小孩就会一脸怪笑着说，你成了新娘子。更有甚者，还要说出你是谁谁的新娘子。被说的孩子，就会追着打，那笑声会震动了河水，水面上波光粼粼的。还可以扑蝴蝶，可那些蝴蝶太机敏，它们会飞到水面上，颤微微地扇动着翅膀，像是故意，逗我们说："来呀，来呀"，勾得我们心里直痒痒。河岸边是一望无际的稻田，对岸就是柳树林，大片的柳树绵延无边际。春天，满树的柳絮，飘着一股甜丝丝的香。那迷人的香味也会随了风飘到对岸，于是小河里流淌的水也是香的。这时候，我和伙伴们最喜欢做的事情就是挖河岸边的茅草根来吃。挖出来的茅草根，一节一节的，又白又嫩，拿到小河里洗干净了，吃到嘴里甜津津的，又生津又解渴，我们的心情也随之甜丝丝地飞扬起来。

有一年雨水充沛，河水上涨后又回落，水过之处便有许多小洞，孩子们都去挖。挖到一定深度就有一条黏黏长长的鱼儿，鱼儿灰黑色，都有青蛙似的两条腿，被挖出来时还会发着"嘎嘎"的轻微叫声。现在想那可能就是鲁迅先生文章里写过的"跳鱼"，可惜他没留下图片。我捉了很多只养在罐头瓶里，它们的生命力很强，很欢实，养了很长时间。后来也不知道弄到哪里去了？却记不清了，只剩下了记忆里的一些碎片。小河水草肥美，养育着各个群落的鱼儿。记得妈妈刚生完妹妹那年，由于缺乏营养，浑身浮肿，脸部肿得眼睛都眯成了一条缝，家里没钱医治。后来父亲在小河的水草里捉到了一条大草鱼，回家后炖了，给母亲吃了，母亲的浮肿病很快就好了。所以至今母亲还经常念叨说，是故乡的小河救了她。可惜现在很难吃到河里自然生长的鱼，市场上出售的都携带着人类的"智慧"。

　　斗转星移，转眼几十年过去了，当年一起玩耍的小伙伴都长大了，天各一方，不能经常陪小河了，但是我却经常想念小河，做梦梦见小河。小河永远牵动着我那颗思乡的心！

　　哦，心中的小河，你给我的童年增添了无限快乐，你给故乡增添了无限美丽，你养育了故乡的祖祖辈辈，故乡的孩子永远怀念你！

那口老井

童年的记忆中,印象最深的是老家门口的那口老井。

井台呈四方形,圆圆的井口周围清一色的青石砌就。井水,永远那么清澈,永远那么明亮,波纹荡漾,银光闪耀。

老井总是"吱呀吱呀"唱着一首动听的歌谣,应合着乡村中的鸡鸣狗吠,构成一曲优美的乡间交响曲。乡村人家都备有水缸,往往每天早上去挑水,将水缸里的水盛得满满的,以供一天使用。每天到老井打水的人络绎不绝,有挑水的,也有抬水的。桶里的清水跳着欢快的舞蹈,荡出来洒落在乡间小路上,一行行,一片片,湿漉漉的,与黄土地相映衬,像是一幅美丽的水墨画。

老井的冬夏都别有风味。盛夏,走到井边,打上来一桶井水,舀起一瓢,仰起头,咕咚咕咚,一饮而尽。一股冷气,从嘴里一直凉遍全身。啊,真凉快!用粮食跟瓜农换取一两个西瓜,放进冰凉的井水里浸上半小时,便成了"冰镇"西瓜,吃起来冰爽可口,暑气全消。隆冬季节,天寒地冻,井口上面不断冒出缕缕白雾,如同太上老君的炼丹炉。探头往井里一看，井底会映出人影，井内壁的缝隙里长着郁郁葱葱的青草和青苔，充满生机和灵气。冬季，水井旁也是妇女们浣洗衣服的地方，河水冰冷，井水温暖，洗衣服不会感觉到冷。妇女们一边忙着洗衣服，打肥皂、浸泡、搓洗，一边聊天，天南地北、家长里短，无所不谈，不时传出阵阵笑声，给宁静的乡村平添几分热闹。

　　我就是吃老井水长大的。六七岁的时候，我和哥哥就一起到老井抬水。哥哥提着水桶，我拿着抬水的长棍子，迈着轻快的脚步走出家门，来到老井边。正值少年的哥哥最喜欢放"野辘轳"，左手把水桶钩在辘轳绳的钩子上放下井口，右手反而放开了辘轳把任其自由下落。看着哗啦啦疯狂运转不受控制的辘轳，我吓得魂飞魄散大叫起来。哥哥却呵呵笑起来，连声说"别怕别怕，有哥呢。"一边说一边伸出左手搭上辘轳，疯狂的辘轳忽然变得很听话，渐渐慢下来，然后是"咚"地一声，水桶落到水面了。稍作停留，哥哥开始汲水，只见他右手摇动辘轳把，左手时不时拨一下井绳，使井绳整齐地缠绕在辘轳上。转眼之间，一桶清冽甘甜的井水露出了井口，哥哥右手摇着辘轳把，左手向下一探，抓住水桶拉了上来，双手配合得天衣无缝，一桶水就算完美地汲了上来。

　　年龄再大点的时候，我就能自己到老井边给家里挑水了。先是每次挑两半桶，然后是两大半桶，最后才是两满桶。记得刚开始时没经验，水桶始终浮在水面上。母亲告诉我，要水桶倒立起来才往井里放，然后摆动水桶上的绳索，见水桶满了就使劲地往上拉。我照着母亲说的办法试了几次，果然学会从老井里汲水。有时一不小心，会将水桶掉进井里。队里有个铁制的捞梢钩子，有三根爪，用绳子拴上它扔到水里，朝着水桶漂浮的方位，一下一下地往上提，水桶上钩了，就可以提上来了。

　　就这样，围绕着老井，喝着老井甘甜透心的水，我走过了充满幻想的童年，度过了十年寒窗生涯。清澈甘甜的井水像母亲的乳汁一样，哺育着我成长，也净化了我的灵魂。

老井不但养育了村里的祖祖辈辈，还为我们村培养了一代又一代的优秀人才。小河对岸的一户于姓人家，经常来喝老井的水，家里考上了一个清华生。我们家兄妹三人喝着井水，也都相继考上了大学。于是村里的老人们都说："咱这口井的水可是神水啊，喝了这口井里的水，人都比别村的人聪明，你看，老于家出了一个清华生，老岳家三个孩子都考上了大学，还有……""神水"的消息像插上了翅膀，传遍了三里五村，于是就不断有邻村的人过来汲水，老井更加忙碌了。

老井，见证了岁月的变迁，也见证了新中国成立七十年来老家翻天覆地的变化：从过去农民交公粮到现在发放粮食补贴；从过去都住土坯房到现在的户户小洋楼；从过去人们挑水喝到现在的家家安装自来水……

不知何时，村中不见了那口老井。老井完成了它的使命，悄无声息地淹没进了历史的尘封里。但是，每当想起老家，我总是会想起那口老井。

第二辑　履痕深深

心醉书香校园

早听说伊川白元有这样一个声名鹊起的小学，它藏身于乡村小巷，却以独特的新教育文化气息，引来市县及教育部门领导的关注和称赞。她就是白元镇教育倾情打造的新教育实验学校——白元二小。

沿着崎岖的乡间公路来到白元村，在一个不起眼的街口向村里走，就会看到"白元二小"几个字赫然眼前。整个校园就像是一个公园，环境优美，书香氤氲，热闹中又透着一份安静祥和。果然与众不同！

走进校门，首先映入眼帘的是五颜六色、干净整洁的塑胶地面，柳丝飞扬，花草葳蕤。每一块牌匾，每一处角落都散发着文脉书香。风，飕飕地从山野吹来，携带着青草味，轻轻地拂过眉梢，掠过发尖，扬起发丝飘飘，舞起裙袂翩翩，撩起心波荡漾，让人不由心醉神怡，心旌摇曳。"善花者知性怡然"。这里的一花一草，一木一景，都是那么温情雅致，闻着遍地花香，吸引着世间的福祥纷至沓来。花花草草是一种温馨的氛围、一份好心情，乐在这份情趣，乐在这份性情。正如周围那一张张稚气可爱的笑脸，让人喜欢，让人心生疼爱，从而加以呵护和精心培育。

　　校园里，孩子们正在展示着各自与众不同的风采。写书法的孩子们握笔正确，坐姿端正，所写作品笔画流畅，横平竖直，结构匀称；练舞蹈的孩子们，以曼妙的身姿，澎湃的激情，一展舞蹈世界的无限魅力；练武术的孩子们，炯炯有神的眼睛，整齐划一的动作，铿锵有力的叫声，展示了中国武术该有的精、气、神；绘画组的孩子们，充分发挥自己的想象力，用稚嫩的小手大胆作画，作品惟妙惟肖，生动传神；手工组的孩子们个个大胆创新，以彩泥、石块、衍纸为主材料制作了种类琳琅满目、主题丰富新颖的作品；乐器组的孩子们潇洒自如地演奏着各种乐器，演奏出一曲曲天籁之音……所有的孩子，脸上都带着阳光和自信，都能发现美，创造美。校园里到处洋溢着笔墨之香、文雅之风，一花一木、一草一石都被孩子们灵巧的小手赋予了生机和灵气。新教育这颗种子在这里开出了璀璨的花朵，缔结出了累累硕果。

　　不起眼的角落里，一处别致的"童耕园"吸引了所有人的目光。孩子们在这个园子里面种植了很多的蔬菜瓜果和农产品。蓬勃盎然的生菜，楚楚动人的草莓和花生，摇曳生姿的向日葵和玉米……孩子们天天去管理、浇水、施肥、除草，充分亲近农作物，亲近松软而芬芳的泥土，呼吸着山野的清风，享受种子成长的野趣，体验别具特色的农耕生活。寸土寸金的今天，城市里钢筋水泥的堆砌早已经取代了以往原生态的自然美，孩子们再也不能像我们小时候一样，在散发着泥土醇香的大自然里自由地嬉戏与玩耍。而这一处书香校园，弥补了这些缺憾，生长在这里的孩子们怎能不开心、快乐和幸福呢？

　　"生命因阅读而精彩"。这里的孩子都养成了阅读的习惯，晨诵，午读，暮省。好好学习，天天向上。学校几棵古老的垂柳，树干粗大，枝条柔曼，颜色青翠。孩子们坐在柳树下，手捧书本，如饥似渴，尽情地融入书香之中，体验着阅读带来的收获和乐趣，一颗颗童心得到了充分的显露，毫无拘束，随心随意，尽情尽心，阳光的笑脸，自信的话语，随柳枝飞扬起来，融入茫茫九皋，汇入悠悠伊水，向远方荡漾开去。

保持着乡村自然原生态的校园与新教育的实践相结合，两者相辅相成，琴瑟和鸣演奏出华美的七彩乐章。打造伊川教育名片，创设一流新教育特色学校，蔚然成为学校极富特色的一大亮点。这座散发着书香的学校，已成为绽放在河洛锦绣天地间的一枝教育奇葩。

文化气韵小乡村

那一天，雨后初霁，春光明媚。我坐上大巴车穿过滨河大道，走过闻名遐迩的双莘桥。美丽的伊河湿地两岸，是绿油油的麦田，小麦正吐穗扬花，硕大的麦穗在微风里摇摆，长势喜人。好久没有见过这种丰收的场景，我不禁暗自赞叹。这样的风景，伴随着春风的悠扬，百鸟的啁啾，好一派天地人和谐的美好画面，令人心旷神怡。

我是慕名到常峪堡村体验乡村美好生活的。常峪堡村是一个有着悠久历史文化传统的地方，从这个豫西小村庄曾经走出过一批享誉省内外、乃至全国的书画名家。

在这些书画家的带动下，常峪堡村的老百姓大部分都喜欢舞文弄墨，在农忙之余，苦练书画技艺。正是抱着这样的敬仰，今天我来到了这个盛产书画名家的小乡村。

恰好也是常峪堡村一年一度的传统庙会的第一天，街上琳琅满目的小商品应有尽有，且价格低廉，空气中充斥着各种特色小吃的香味。村民在自己家门口，就可以欣赏传统大戏，品尝特色美食，买到物美价廉的生活用品。看到此情此景，我这个居住在城里的人，不由对这个小乡村的农民极为羡慕起来。

随着川流不息的人流，我来到了常峪堡小学。这里正在举办"庆新中国七十华诞第一届书画展"。村里的铜器表演队节奏明快，音韵铿锵，来了个开门红。紧接着是激情洋溢的广场舞表演，舞姿曼妙的新时代农村妇女，舞出了积极向上的精神风貌和对幸福生活的热爱。欣赏着这些独具特色的艺术表演，观赏着展室一幅幅精彩的书法绘画作品，我不由陷入了沉思，常峪堡村这么重视村民的精神文化生活，这也许就是村子里出了许多书画名家的"秘笈"吧？

身旁一位八十多岁的老人告诉我："村干部是几个年轻人，他们重视文化建设，村里的文化设施建起来了，还配发了乐器和服装，在浓郁的文化氛围中，村里的公共文化活动也开展得如火如荼，把好事办到了老百姓的心坎上，村民的日子越过越有盼头。"

书法展厅内还陈列着洛阳广发青铜器仿古工艺开发有限公司制造的青铜乐器、莲鹤方壶、皿方罍及汉代长信宫灯等。听村民介绍说，广发公司青铜器品种齐全，工艺精湛，声名远扬。公司创办人是村里的名人——现年八十一岁的李发京老人，他年轻时毕业于洛阳考古学校考古专业，还在北京大学进修过。

十多年前老人开始做青铜器模具，当时在县里尚属第一家。老人通过艺术家的眼睛发现了青铜仿古工艺的价值，也通过艺术家的思维开阔了村民的发展思路。现在他的儿子接过了他的大旗，并创办了现在的青铜器公司，事业呈现出欣欣向荣之势，已经成为村里的支柱产业，也解决了不少村民就业问题。村民在耳濡目染中，青铜技艺代代相传。如今，传统青铜技艺传承着"书画兴村"的梦想，成为常峪堡文化兴村的新期待。

文化就是精气神，流贯文化气韵的乡村才更美丽。小小常峪堡村，展露出现代文明的风姿，洋溢着新时代的人文气韵，在文化里延续乡风文明。从这里，我看到了新时期的广大农村，正在这个万象更新的春天里打开更加广阔和美好的画卷。

彩虹农庄

春天的彩虹农庄风景最美,朋友热情邀约我们去采风。

农庄位于洛阳市城区东南部的伊川县水寨镇,紧邻二广高速伊川东站,交通十分便利。开车直抵农庄门口,下得车来,"新农人彩虹农庄"几个烫金大字赫然出现在眼前,这名字紧跟时代而又富有诗情画意。

进入农庄大门,左边是个面积很大的游乐场,野草遍地,野花迷离,可以坐滑梯,可以荡秋千,可以放风筝,可以在草地上奔跑嬉戏。右边是一株株,开满白花的樱桃树,与路边娇艳的山花和新绿初上的山野浑然融为一体,让每个人的心情都豁然开朗起来。

一行十几个人,在雪白的樱桃花里散开,如同彩色的浪花,在花海中荡漾。当走在世外桃源般的林间,看见密密匝匝的树枝上,攀附着的那一串串妙不可言、弹奏着美妙仙曲的天外飞花;当弯腰俯身,小心地把鼻尖眉梢靠近那一簇簇暗香袭人的雪梨花……发自内心的轻松和欢乐,就像此时飘溢的花香,四散飞扬。

成片、成片的樱桃花一路向山坡上铺展,如诗如画,似真似幻。苹果花、桃花交杂其间……远看，层林如云霞，如织锦。大家兴高采烈地欣赏着，议论着，拿着手机捕捉蜂飞蝶舞的每一个唯美瞬间。

近几年生态农庄行业很是兴盛，我也到过很多的农庄，感觉大多品种单一。彩虹农场不同。春日可以观赏春花，春花过后可以采摘樱桃，樱桃即将"罢园"，葡萄就跟着粉墨登场，接踵而至的还有蟠桃、核桃、石榴、枇杷、苹果……一千多亩的园区里随便走一走，随处可见蟠桃花开得正艳，核桃树上顶着初绽的新芽，挂着几颗残留的果实的石榴树临风而立，梯田边还种植有金银花等实用药材……山路弯弯，山坡连绵，脚下花花草草的清雅灵动，枝头飞过小鸟的翩然娇俏，即使是那野草中奇形怪状的乱石，风雨冲刷的印痕也会让人诗意勃发，心潮澎湃。荆棘丛中，遍布着嫩绿的蓬勃的野菊花、蒲公英、小蒜……让人恍若回到了采摘野菜的童年。

农庄里的一角，饲养着很多动物，就像来到了动物园。高大可爱的鸵鸟，鲜艳靓丽的孔雀，咩咩叫着的羊羔，自由觅食的鸡鸭，吃着青草的小香猪……这些动物生活在如此美丽的农庄里，闻着花香果香成长，比起动物园里的动物不知要幸福多少倍。心情好肉味就香，正像每天听音乐的奶牛能生产更多更香的牛奶。更幸福的是果园里的火鸡，它们完全摆脱了笼子的束缚，三三两两相随，在果树下不慌不忙地踱着方步，尽享自由的乐趣。

游客来了，观赏采摘之后，可以坐在草坪上宽敞的餐厅里，一边观赏风景，一边享用新鲜美味无污染的原生态农家小菜。一盘蒸野菜，一锅小香猪肉，一碟酸白菜，一盘香椿炒蛋，一杯山野清泉煮成的开水。临风照水，田野的气息从四面八方漫过来，足以安放心中的乡愁。

多年前，彩虹农庄本是一片荒坡，一位女强人把毕生所有的积蓄都投入在了这片土地上。如今她已经七十多岁了，她唯一的女儿和女婿接过了这个重担，两代人的心血和汗水融入这片热土。主人每年付给农民租金，有效地解决了土地撂荒的问题。在农庄打工的农民，每个月还能挣几千块的工资，日子过得相当滋润。而在城市被工作和生活弄得疲惫不堪的人，来到农庄采摘游玩，找到了快乐，寄托了乡愁，也获得了心灵的慰藉。

农庄发展壮大了，农民收入增加了，游客轻松愉悦了，多方共赢，真好。

农场主人介绍了下一步发展计划：打造洛阳首个亲子农业教育基地，给孩子们提供了一个郊外的社会实践、生活体验的场地，提供一个接触自然、独立生活、发展自己的新园地。父母带着孩子们走进农场，感受农场中动物喂养、生态环境、欢乐运动的乐趣，感受青山绿水间的自然园林之美。农场紧邻水库，设有多个垂钓码头，以及摩托艇码头，亲子徒步越野线路，林下自助烧烤营地，星空露营帐篷营地等多种丰富多彩的娱乐活动和亲子项目，可以让更多的家庭回归自然，亲近自然，享受家庭美好时光，让快乐更快乐。

农场主人娓娓道来，如数家珍，让人不得不佩服他长远的眼光和广阔的胸怀。

初逢讲理村

美丽的洛宁山区，有一个很特别的村落——讲理村，镶嵌在崤山连绵的山水画卷之中。

从洛宁县罗岭乡乡政府往北，驱车走在蜿蜒的山间公路上，两边纵横交错的山岭地带，生长着生机盎然的烟叶。顿然间，童年有关种烟叶的记忆，在回忆中飘然而来，忽远忽近，若隐若现。

山野沟壑之间，遽然显出一大片青石铺就的平地，远远的，一个古朴庄重的小寨门矗立在那里，上方写着"讲理村"三个字。沟静风清，山野村落，相互映衬，相辅相成，组成了一幅恬静自如、天人合一的自然画卷。

这可真是一个世外桃源般的小山村！村子依山傍水，坐北朝南，依山势而建，一条水泥路伸向前方。村头石磙石碾，村中果树飘香，花草葱郁。有几十户人家，统一红砖白墙，红色铁门，一个院落连着一个院落，精雅有致，临沟而居。村前种着果树，树下有几只鸡正在争食，几只小狗在村里悠闲溜达，一派怡然自得的景象。千百年来，村民们日出而作，日落而息，承接着先祖的观念和生存方式，在这个远离繁华的深山里，平静地生活着。

"和睦和谐和邻里为贵，友好友善有亲朋是金。"走进讲理村，一副醒目的金色对联映入眼帘，彰显了这个村子的文化灵魂。看着那些来往村民恬淡而又幸福的笑容，感觉沧海桑田也能抵得过那逝水流年了。

讲理村已有两百余年的历史，有一百五十三户人家近六百人，据记载，讲理村在明朝时叫金家山，到了清朝叫小街村。至清朝道光年间，村里有个传统，清明祭祖时，族长会将族人在生产、生活中产生矛盾和纠纷摆出来，相互沟通，化解矛盾。慢慢的，外村有了纠纷也会到这里，寻求帮助，找人评理。久而久之，这里就被称作讲理村。村里还将一个清朝中期建成的旧院落，改用作"讲理堂"。讲理堂不仅讲理，也讲课，村里会时常请道德模范、大学里的老师等来这里宣讲。村中的白墙上全是新二十四孝图和旧二十四孝图的文化墙彩绘，村民能随时呼吸到慈孝文化的气息，形成了人人讲孝道、人人讲道理的文化氛围。

小小讲理村，谱写着洛宁新时代乡村全面振兴的新篇章。这两年，村里修道路、建水坝、装路灯，面貌日新月异。讲理村的贫困群众由原来的四十二户一百四十四人减至四户四人，摘掉了贫困村的帽子。全村烟叶种植面积近八百亩，形成了一千一百亩的核桃园，仅这两项一年总产值就超过四百万元。村里还借鉴外地经验，确定了核桃、油用牡丹间作的种植模式，实现了"一块土地、两份收益"。今年，五位自主创业的大学生，看上了讲理村淳朴的民风和适合构树生长的地形地貌，开始在村里发展构树产业，种植了三百亩构树，不仅带动村民增收，也将为村集体带来一笔可观的收入。蓝图描绘，重在落实，脱贫扶贫成效卓然。讲理村各项致富产业迅速发展起来，美丽乡村建设全面铺开，乡村振兴指日可待。如今，村子已入选美丽乡村示范村，拉开了乡村旅游发展的大幕。

热情的村民告诉我们：红叶大峡谷位于讲理村崤山深处，每逢金秋时节，万千红遍，层林尽染，煞是好看。"比北京的香山红叶还要美"，这一下子，吸引了我们的兴致。美丽的红叶，如诗如画，如醉如痴，谁不喜爱？那就等到秋天再来与讲理村的红叶相会吧！

当我们即将离开讲理村的时候，放眼望去，一大片百日草扮靓了整个村子，各种颜色的花朵在阳光下舒展着婀娜的身姿，尽情绽放。从这里，我看到了扶贫攻坚的希望所在，看到了乡村的美好未来！

洛宁秋日见闻

　　大巴车在高速公路上奔驰，很快就进入了洛宁山区。从车窗向外望去，公路两边山色如画。大自然的神奇魅力造就了洛宁秀丽的山乡美景。错落有致、层峦叠嶂的山头，苍松翠柏间掺杂着金黄的白杨树、火红的枫树，山上的秋是丰富多彩的，是丰收、是喜悦、是希望。这样的风景，伴随着秋风的飒爽，大雁的歌唱，好一派天地人和谐的金秋美丽景色，令人心情豁然开朗起来。

　　出了高速路口，洛宁文联主席、作家协会主席和上戈镇的领导已经早早在路口等候，在他们的带领下，我们开始向上戈镇行驶。此时太阳已经升了起来，柔和的光线洒遍山野，山村的秋色似乎更浓了。我们在上戈的山间公路上蜿蜒，公路边有秋收后长在半山腰的玉米秸秆，有节节高的芝麻棵，还有刚发出绿芽的麦苗……最吸人眼球的，还是那一片片黄澄澄红艳艳的上戈苹果。漫山遍野的苹果树被一个个一团团的红苹果压弯了腰，红彤彤沉甸甸的苹果坠满了农家果园，火红的色彩让人眼前不由为之一亮。这时，不知谁说了一句："这就是传说中的上戈苹果啊！"大家都笑了起来。

上戈镇位于洛宁县西北部，是远近闻名的苹果之乡，苹果是上戈山民最看重的秋收。由于境内土壤肥沃、光照充足、昼夜温差大，自然环境和生态环境十分良好，非常利于苹果生长。所产红富士、新红星等苹果，个头大型态美、色泽艳丽、内质细脆、酸甜可口。据说上戈苹果全部使用有机肥和苹果专用肥，无农药，果皮嚼而无渣，是可以"带皮吃"的苹果，这一点在大力提倡拒绝污染、生产健康绿色产品的今天尤为可贵。"上戈牌"苹果曾获国家、部、省级以上优质产品大奖三十五项次，被评定为河南省名牌产品，并进入著名零售连锁店"家乐福"的采购体系。青山绿水、肥土沃川，培育而成的苹果，色泽红艳透亮，非常诱人，看一眼都会垂涎欲滴。当你情不自禁咬上一口，立刻汁液满口，甜脆至心。由于上戈苹果色鲜味美，营养丰富，深受全国各级果树专家和广大消费者的好评，备受人们喜爱，因而声名远扬，成为上戈人一张为之骄傲的名片。特别是近年来，县、镇把苹果生产，当做强县富农的头等大事来抓，政策扶持，资金支持，牵线搭桥，广开销路，上戈人也得到了实实在在的实惠。上戈苹果收入，已成了山民重要的经济来源！

站在上戈镇海升现代果业高新技术示范园苹果基地的最高处，放眼望去，满坡都是绿色的小果树苗。这里的李技术员介绍说，这些都是荷兰引进的新品种苹果树，树虽然小，但是结的苹果又大又多，因为极好采摘，已经被游客采摘完了。这种新型果树一两年便可进入盛果期，亩产一万斤朝上。将来这些新品种苹果还要漂洋过海，走向国际市场，前景非常美好。

除了闻名遐迩的上戈苹果，上戈镇还有一座跨越几个世纪历史时光的古宅——乔家大院。据介绍，明洪武年间，山西乔家第二十二代子孙乔万升从山西迁至洛宁，从其子乔登朝开始，乔家开始买地建房，至清代中后期，乔家已宅第连片，富甲一方。乔家的乔致南与当时的军机大臣左宗棠是同榜进士，私交甚好，曾任安徽巡抚。左宗棠曾给乔家题联一副："浩落古今同一体，风流儒雅亦吾师。"乔家大院在解放战争时期曾为洛卢灵边区政府所在地，新中国成立后，分给村民居住。为保护这些尘封历史烟云的古宅院，2007年，洛宁乔家大院被确定为洛阳市级文物保护单位。

穿越数百年风雨沧桑的乔家大院，占地三十余亩，青砖瓦房，精致玲珑。目前尚有五处保存较好、相互连接的宅院。每个院子的布局结构相似：四合院、五间上房、三间厢房。一些上房为靠崖打出的窑洞，也有五间宽。因上戈村流传着"院子宽，不过丈，过丈人不旺"的说法，因此乔家大院的大门不张扬，院子也不宽，但它小巧、精致，别有一番韵味，让人想到"低调的奢华"。砖雕是最大的特色，刀法细腻，形象生动，内容涉及飞禽走兽、花鸟鱼虫、人物故事，房前屋后山墙的青砖上随处都是。其中以牡丹最多，一朵朵砖雕牡丹绽放在院子的角角落落，映衬出乔家当年的"鲜花锦盛"之盛况。在一座院子的山墙上，凿着一座神龛，神龛四周用青砖雕刻出蛟龙、葡萄、花卉等图案。当中供奉的神仙早已不在，但神龛两侧的刻字依然清晰："鹤发坐中央神清貌古，龙头游下界望重风高。"令人遗憾的是乔家大院在兵荒马乱年代遭到破坏，很多精美的雕刻雕花，都消失在历史长河里了。

时至中午一点多钟，我们踏上归程。回望巍巍崤山与滔滔洛水之间的洛宁山区，此时她被亮堂堂的秋阳披上了一层金色的光辉，散发出浓郁而厚重的灵性和文化之光。这里，曾经拥有灿烂的昨天；这里，必将创造出更加辉煌的明天！

天河漂流记

正是酷暑难耐的三伏天。听朋友晓敏说，河南鲁山县尧山的天河漂流是最好的漂流，水质自然原始、清澈无染，达到国家饮用矿泉水标准。我一下子就来了兴致：何不到天河感受云端漂流去！

驱车走高速，两个小时就到了尧山下。苍茫的青山云雾缭绕，如同画卷；潺潺的碧水桥下流过，鱼儿翔游。好一派秀美的山村风光！这里，远离城市的喧嚣，令人心旷神怡，尽享大自然的恬静。

乘坐景区专车沿山路崎岖而上，半小时后到了码头，放眼一看，哇！人真多啊。很多人都已经穿上了红色的救生衣，戴上了红色的安全帽，到处是一片红色的海洋。我们也穿上救生衣，戴上安全帽，跟着人流缓缓来到了上船的地方。每条漂流橡皮船限乘六人，我们五个人正好同一条橡皮船。因为进入漂流河道的出口很狭窄，上百条橡皮船就先拥挤在一个开阔的水面上。每条橡皮船上的人，都拿着备好的水瓢、水盆、呲水枪，不管认识不认识，互相泼水、呲水，水面上哗哗的泼水声，孩子们的欢笑声，响成一片。

因为我们刚在船上坐下，还没有定下神来，于是就成了其它船上游客攻击的目标了。好几条船一起向我们开火，水盆、水枪全朝着我们发射。三个孩子立马还击，拿起水盆、水瓢开始朝别人泼水。我和小敏，因为没有事先准备好，一下子全身都被泼湿透了，不仅眼睛睁不开，耳朵里也进水了。我赶紧把带来的游泳眼镜戴上，耳朵里又塞了游泳耳塞，把多余的一对耳塞让晓敏也塞进耳朵。然后，我们也加入了自卫还击的战斗。大家使劲泼水，大声笑着，浑身上下刚湿透时候那种寒冷的感觉一下子没有了。

过了一会儿，我们的小船也挤到了漂流河道的入口，一下子顺着激流冲了下去。漂流的河道，其实是在原有河道中间，经过人工再开挖、垒砌出来的，宽度几乎正好容得下一条橡皮船，略宽的地方，能够让橡皮船横着调转方向。漂流时下边湍急的河水，也是在上游蓄积起来的，每天在固定的时间，开始放水，供游客漂流玩耍。正因为经过人工开挖，再利用原有的山势高低起伏、山涧弯曲变化，形成了曲折弯转的河道，时而平缓，时而湍急，甚至会猛然跌下将近一米的落差。每当遇到落差较大的地方，橡皮船冲下去，激起高高的浪花，一下子扑在人脸上，给人一种非常惊险的感觉，尖叫声、欢呼声，此起彼伏，回荡在两岸的山峰间。

一路滩多路险，浪潮时急时缓，河岸两边青草依依，绿树成荫，青果磊磊，奇石林立，森林覆盖，藤蔓错杂，山花烂漫。漂流过半，突然看到一条瀑布从天而降，"飞流直下三千尺，疑是银河落九天"，感慨大自然的美丽和神奇。漂过一山又一山，赏尽一景又一景；人在水中漂，如在画中游。晓敏前几年玩过两次漂流，很有经验。她一直在提醒我和孩子们，不要把手伸出小船外边，因为河道两边都是巨大的石头，橡皮船在两边不断地碰撞，不停地旋转、颠簸，一不小心就会发生意外危险。

设计漂流河道的人，也是很花费了一番心思的。一段狭窄的河道之后，往往在平坦开阔的地方，再设计出来一个巨大的平湖深潭，橡皮船到了这里，让游客稍微平缓一下紧张刺激的心情，再加上很多橡皮船都聚在一起，大家可以接着打水仗，互相泼水、呲水。

  漂流的过程中，有很多工作人员站在水边帮助小船的通过，有的是推一下，有的是帮助小船调个方向，或者大声提醒游客把胳膊、腿放入船内，注意安全。漂流小船经过他们的身边，有的游客还会拿水盆往这些工作人员身上泼水，工作人员捧起水回敬游客，大家互相取乐，哈哈大笑。看到工作人员辛辛苦苦地为大家服务，正使劲推我们的小船呢，我舀起一瓢水，泼在人家脸上。那些工作人员已经习惯和游客互动玩闹了，有的会说：好凉快啊！然后毫不客气地也向我们泼水，于是大家都笑翻了天。

  尧山天河漂流还设计了一段暗洞，长约八百米，名曰"中原第一洞"。橡皮船进入暗洞，刚开始还有点光，能看见两边的石壁，后来变得漆黑一片，伸手不见五指，好像跌入了万丈深渊。在惊险中穿越狭长的暗河，在"暗无天日"的"隧道"中"度日如年"时突然"重现天日"，给人的感觉不只是神秘与刺激，更是步步惊心后的心里解压后带来的阵阵快感和惬意。

  两个多小时候的漂流过程中，也有很多游客会累，需要休息一下，所以也不是全程都在互相泼水。我们这条船上的三个熊孩子，却安静不下来，没有人和我们打水仗的时候，这三个小鬼就自己互相泼起来了。因为距离近，他们互相泼起来，显得火力更猛烈。其它船上的小姑娘看见他们打起了内战，都拍手叫好，有的还大声喊着加油、加油。我和晓敏坐在船的另一头，也被逗得哈哈大笑。我说：咱这几个孩子，有敌人的时候一致对外，没有敌人的时候，自己人和自己人打起来了。其它船上的人看这仨孩子自己互相泼水，有的就端起水盆泼了过来，有的拿起呲水枪朝我们喷射。我赶紧说：孩子们，敌人又进攻了，快，对外还击啊。

不知道什么时候，雨已经停了，火辣辣的太阳又出来了。我怕晒黑，把两条腿蜷缩了起来，还拿两个塑料盆盖在上边。偶尔有人当头泼过来一盆水，水花四溅，阳光照射的火热感消失了，感觉格外凉爽。

快乐的时光总是过得很快。我们都还觉得意犹未尽的时候，漂流船已经到了终点码头了。孩子们恋恋不舍地把船划到了岸边，收拾起自己带的瓢盆，交还了安全帽和救生衣，回到了我们停车的地方。换好干净衣服，我们就开始上路回家了。

路上，大家不约而同地说：今天的漂流真的是太刺激太难忘了，以后我们每年都要来这里漂流啊。

地坑印象

七月流火。周末，应山西文友邀请，我和家人到古虞大地——山西平陆县的乡村去度假。山西友人热情地招待我们，还特意带我们赶到东坪头，观看了"地坑"。东坪头一游，我这才知道黄土高坡上有这样一种民居形式，内心也确确实实被它震撼了。

初听"地坑"，脑海中立刻映出来"万人坑""血泪坑"这样的字眼，以为也是有关此类的"坑"，是属于红色教育基地。于是一个念头在心中挥之不去：到底是不是这样的地方呢？这样想着，就愈发地想见到地坑了。

汽车在山间公路上行驶，公路两旁沟壑纵横，高低蜿蜒起伏，层峦叠嶂的黄土高坡不时闪现，偶尔能看到零散分布的山里人家。这样的地形地貌，总让人想起陕北的高原风情。

车在一处平地上停下了。一条青石小路，曲曲折折地通向一大片果树林，桃子、核桃、梨、枣、葡萄、花红、柿子应有尽有，还有一些叫不出名字的果实，一个个，一串串，或青或红，挂满枝头，压弯树梢，藏在绿叶间偷乐，煞是诱人。果树下有网形的秋千，有山木做成的小凳子，可以晃悠悠地荡秋千，也可以坐下来品尝果实。安安静静的景象，仿佛让人进入了一个隐秘的世外桃源。

俯瞰不远处的黄河，另是一番恢弘气象。黄河在这里拐了一个大弯，南岸是老陕州城，正对面是平陆老县城。坐下稍作休憩后，友人便招呼我们开始进入地坑院。

顺着一条斜坡通道拐个弧形直角通向地下，就是地坑院了。这是一座四方形的地下院落，院子有七八十平方米左右，四周有七八孔窑洞，这些窑洞均为泥砌墙壁、木门木窗，分为住室、厨房、储藏间、汲水间等，甚至还有牛羊的饲养间。所有的生活用具还保持在20世纪七八十年代，厨房是烧柴的大锅台，农具是锄头、犁、耙、人力车等，水井是系着长绳索的辘轳，盛水用的是大水缸，还有纺花车、手推磨、竹荆篮、簸箕等等用具。院子四周的泥墙上挂满了金黄的玉米垛子、鲜红的秦椒串子，窗格格上贴满了充满喜庆气息的鲜红的窗花，门口挂着纯手工刺绣的土布门帘。

掀开门帘走进窑洞，一股沁人心脾的清凉迎面扑来，顿觉心旷神怡，满头大汗顷刻间一扫而光，一路的劳顿随之散去。这就是住窑洞的好处，冬暖夏凉，隔音，隔热，保温。那一刻，真想待在窑洞里，不再到夏日的炎阳下面去。窑洞内有铺设得整整齐齐的土炕，土炕上铺的是粗布单子、被子，手工刺绣的枕头，织布机上还有没织完的老粗布。这一切的一切，让我想起了童年的生活足迹，几十年弹指一挥间，往事恍若隔世，其间弥漫的是剪不断的乡愁……农村土地上走出来的孩子，童年的情结是永生难忘的，以往的岁月已经渗透到血液里。走进这样的院落，不知有多少人会唤起自己童年的记忆，唤起对生命本真的反思。

穿过一处连接的窑洞，就来到了另一处地坑院。这个地坑院不同于第一个，它不是四方形的，而是临沟而建。视野之中是一望无底的山沟。

盛夏的丘陵上翠绿苍茫，山林高高密密，青葱翠绿，绿叶在风中轻歌曼舞，发出沙沙的响声。无数不知名的鸟儿啁啾着，使本该寂静的山林充满了生机和活力，像是在欢迎我们的到来。院子里架着葫芦架，下有石桌石凳，种满了花花草草、各种果树，桃树上鲜红的桃子一个挨着一个，露出粉红的小脸浅笑着，色诱着我。我禁不住摘下一个，美美地品尝着，味道脆甜可口，一直甜到心里。

沿着山路前行，这样的地坑院一处连着一处，让我完全融进了这民间的建筑奇迹之中，感觉人世间的喧嚣消失远去，好像远离红尘来到了另一个世界——一个生命里似曾有过但已遗失的地方，一个熟悉而又陌生的地方。在这里，我似乎看到了这样一幅温馨和谐的画面，邻里之间做好饭都端出来，聚在树底下的石磨盘上，欢声笑语飘荡在峡谷之中……

不知不觉之中，便来到了山头一马平川的卯塬。这儿没有庄稼，一片连着一片的都是果园，最多的是桃树，还有苹果、梨、枣、葡萄等，基本上没有庄稼。漫步其间，偶尔会有一两间农家房屋，屋前种植有各种蔬菜。这里，没有高速，没有高铁，没有工厂，没有噪音，没有污染，不失为一块养心之地。同行的王先生告诉我们："现在是夏天，多数山果还不成熟。要是秋天到这儿游玩，背一个旅行包，一边游玩一边采摘，等回来时早采摘了满满一大包山果。"愿君多采撷，秋来满山坡"，是啊，有了山果，眼前的一切立即活泼灵动起来，有了浓浓的诗意。那就等到秋天再来相会吧！

"见树不见村，进村不见房，闻声不见人"是文人墨客对地坑院的真实写照。据说地坑院已经有四千年的历史了，这里充满着浓郁的黄土地风情，古朴厚重，美丽诗意，人称"地平线下的古村落""人类穴居的活化石""中国农民生土建筑的最高成就"。这种"洞穴"民居，是全国乃至世界仅存的一种地下古民居建筑，是独一无二、不可复制的。近二十年来，随着人们相继搬离地坑院，凝聚着先民伟大智慧的地坑院，大部分已渐渐闲置或废弃。目前这种奇观只有河南三门峡和山西晋南地区有，已被列入国家级非物质文化遗产保护名录，正在受到开发和保护。

　　望着一座座布局合理的地坑院，我想，先人集千万年智慧打造而成的这种古老而神秘的建筑形式，是与这里的气候、物产、风俗及地理位置密不可分的，是符合自然科学发展观的，记录着社会历史发展轨迹和信息，具有不可替代的优越性。怪不得冯骥才先生发起了中国民间文化遗产抢救工程，的确是利在当代，功在千秋啊。

草莓仙子

世间真的有草莓仙子吗？有！就在孟津县城近郊的生态园区。

美丽的黄河水奔腾不息，穿越亿万年时光，造就了无数英雄和史诗。而小浪底就像母亲河的一角衣襟，镶嵌在美丽的伏牛山画卷中。

孟津县与小浪底毗邻，历史文化源远流长，现代文明交相辉映。近几年来，这里更是以小浪底为依托，打造了别具特色的万亩生态园林。一年四季风光秀美、瓜果飘香，在青山绿水中享受山乡特色美食，采摘新鲜美味水果，感受纯朴的乡村生活，别有一种独特的天然韵致。

人间四月天，正是采摘草莓的大好时节，姐妹们相邀到孟津摘草莓。驱车走在乡间公路上，紫桐花蜿蜒起伏于纵横交错的丘陵地带，红壤、绿苗、黄花……梦幻般的色彩漂亮极了，像一幅美妙绝伦的山乡水墨画。沟沟坎坎，花花草草，蓝天白云，杨柳轻扬，微风送来阵阵花香，张扬着四月天的风情。淳朴优雅的田园风光和乡村美景，如诗如画，让人如痴如醉。顿然感到有种醇厚的乡土气息，在回忆中飘然而来。这或许是心底深处的故土情结吧！

啊！看到了！看到了！刚进入送庄村美丽的"溢乐园"，就看到一行行田垄上种植的都是草莓。此时，我不知道该拿怎样的语言去形容草莓之美！只是，在看到草莓的那一刹那，眼神就被她那种轻灵之气深深吸引了。一颗颗心形模样的草莓，从片片椭圆绿叶掩映之间冒出点点艳红，散发着诱人的香味，在静静聆听着风过山峦的低吟浅唱。轻轻拔开绿衣裳，只见红润的草莓垂着一嘟嘟、一串串甜甜的脸儿，如同一颗颗红玛瑙。她们有的绿中带红，有的红艳欲滴，一个个含嗔带笑地低垂着可爱的头。这模样、这色彩好诱人啊！我见过红色的苹果，粉红的桃子，金黄的香蕉，青色的葡萄……可唯独这草莓，以她甜美的色彩，可人的模样，色诱着我，令我馋涎欲滴。

姐妹们兴奋起来，开始散开采摘草莓。她们一个个婷婷地立在田间，笑眸流转，裙袂飞扬，欢声笑语，拍照留念。"品尝一颗心如蜜，笑语和着云彩飞"。看着红艳欲滴的草莓，我忍不住摘下一颗，顾不上洗就咬了一口。啊，丰富的汁液，太甜美了，美得我心都醉了。这时，几位风华正茂的少男少女走过来摘草莓，其中一个女孩子告诉我："阿姨，草莓是奇迹水果，营养价值极高极高，多吃也不会上火，她含有多种维生素，尤其是维生素C含量非常丰富，有明目养肝作用。草莓还含有果胶和丰富的膳食纤维，可以帮助消化、通畅大便，尤其对女士极有美颜功效，您可一定要多吃草莓啊！"我听了不禁又摘下几颗放进嘴里，一颗比一颗美味，让我深深沉醉。我想，草莓浑身是宝，却选择安身在穷山僻壤，而且在其它水果尚未挂果之时，早早地把她成熟的色彩、沁人的芬芳、遍身之美展示给我们了，这是一种何等高尚的品质啊！

身旁一位姐妹触景生情，不由脱口吟咏："啊，草莓仙子……"

是啊，草莓不就是一位仙子吗？"莓仙西上古仙乡，莓蕊先春特地香"。她们携带云的色彩，悠悠的心香，或活泼、或优雅、或灵动，从西天迤逦而来，飘落在群山深处。她们满载希望和甜蜜，襟飘带舞，步履轻轻，含笑盈盈，素颜不失俊俏，秀气不失端庄。她们透着诗韵，蕴着高雅，集天地灵气，融雨露精华，攒成紧挨的精灵，不媚争艳，不俗富贵，美得自然，秀得脱尘。这份秀美勾勒得这般洒脱，沉醉着所有人的身心。

风儿调皮地赶过来，满园果树的绿叶随之翩翩起舞，唱起欢快的歌儿。或许上天都爱上了草莓仙子的美丽，借着微风徐徐倾诉着心中的爱慕之意，丝丝缕缕，点点滴滴，都是浓浓的依恋与情意。

草莓清甜的香味在田野间弥漫，也深深渗入我的心里。驻足在"溢乐园"里，遥望远方，群山被初夏的绿色渲染，于烟雾缭绕之中若隐若现，平添了诗情画意的朦胧。一汪碧水在静静地守候着草莓仙子，美丽的彩色金鱼在水中嬉戏，水边是芬芳诱人的蔷薇花。绿水的纤柔、金鱼的灵动、蔷薇花的芬芳、草莓的香韵，让我不忍心去惊扰此刻的安静与美丽。一切似梦似幻，如同仙境，又疑是走进了梦里的世外桃源。

当我的目光定格在翠色渲染的群山深处时，我也把情思寄予这一片圣地。这山、这水、这花、这树、这草莓在一起有着诉不尽的深情，有着一生一世、三生三世、生生世世相守的诺言。"追思再世相逢日，草莓望溪一咏叹"。如此的意境，又怎不让人浮想联翩，怎不让人心动与神往呢？

我知道，从此之后，我的心被牵在了这里——这一片属于草莓的圣地，于是成诗一首《草莓的诱惑》以记之——

  看一眼

  玲珑剔透

  红欲滴艳

  吃一颗

  绕舌三日

弥留酸甜
你含羞浅笑的模样
如四月盛开的馨兰
把串串音符挂满绿间
和奏出暮春的绚烂
你用爱的色彩
燃烧激情的火焰
不骄傲不张扬
仅在绿里透出点点
你以丰收的成熟
回报季节的回暖
把沃土让给谷粮
不屈的身影遍布沟坎
天边的白云
因你而柔怀万千
野外的清风
因你而渐起微澜
你把心灵的尘埃荡涤
把冬日的忧郁弥散
打开了
所有
通往阳光的密坎
哦，草莓仙子！

杜鹃情思

  人间四月天，阳光柔和明媚，清风里迷离着曼妙的花香。我猛然想起，西泰山的杜鹃花该开放了吧？

  客车奔驰在蜿蜒的山间公路上，透过车窗，我悠然地欣赏着春光山色。不知何时，扑面而来的裸露的山岩被郁郁葱葱的山林所取代。"那是什么？"一位游客忽然惊叫起来。顺着她的手势望过去，只见山上浓绿的林间有一片片火红若隐若现，与蓝天白云绿树相映成趣，我脱口而出："那是火红的山岩吧？奇怪！这里的山岩怎么是火红的颜色？"正当疑惑之时，一位当地人告诉我们："那就是杜鹃花呀！"啊！一语惊醒梦中人，原来杜鹃花远看就是这样子！杜鹃花又叫映山红，现在看来，映山红这个名字是再合适不过了！

  越来越多的杜鹃花凸现在山间，远处的，近处的，一大片、一大片满是的，模样也越来越清晰了！车里沸腾起来，游客们或激情高歌，或争相拍照，或深情朗诵……

  为什么西泰山的杜鹃花开得如此红艳欲滴，摄人心魂？原来这里面有一个凄美的神话故事。

传说很久以前，西泰山居住着一个勤劳的少年。这日，少年在田间劳作，看到一只狐狸叼住一只小鸟。少年救下小鸟，带回家精心照料。这天夜里，少年从睡梦中醒来，看见一个美丽少女坐在自己身旁。少女告诉他，她是银河王的小女儿，因为贪恋西泰山的美妙风光，化作一只小鸟飞来欣赏。就这样他们相爱了！

时光如梭，转眼夏天就要来到了。少女显得很忧郁，歌声也充满伤感。她告诉少年，人间一春，天上一晨，她的父王将会安排天兵天将在天际四处巡逻，要是发现她闯入凡间，就会大发雷霆，将其捉拿归天。为了不让少年受到牵连，她必须在立夏的前日返回银河。分别前，少女在西泰山种下了漫山遍野的杜鹃花，与少年约定每年杜鹃泣血、花开漫野之时相见。少女怀着无限的思恋回到天庭，自此天上人间，思念无期。

之后，年年西泰山杜鹃花开遍山野之时，仙子就踏着彩云来了。久而久之，他们相聚的山峰越来越像一对依依不舍的情侣，含情对视，情浓化石山，这就是西泰山的"情侣峰"。他们相思的泪水洒遍青山，杜鹃花含泪带笑，愈发娇艳；化作了涓涓清泉，向世人倾诉着这一段天地绝恋。

我想，怪不得杜鹃花开放得如此浓烈，如此绚丽，美得泣血如歌，缠绵悱恻，原来她是真爱的见证、仙子的化身啊！

此时，悬崖峭壁上，一株株、一丛丛、一簇簇红艳艳的杜鹃花，在悄然地、尽情地绽放，无与伦比的美丽撼人心魄。朵朵花儿迎风而立，有的娇羞妩媚，有的热烈奔放，有的娇艳似火，有的粉面含春，尽显风情万千，与西泰山美丽的风景交相辉映，宛如一幅天然画卷。"回看桃李都无色，映得芙蓉不是花"，千百年来文人墨客皆称杜鹃花为"花中西施"，可见她的美丽非同一般。置身杜鹃花海，弥漫的花香，梦幻般的色彩，沁人肺腑的芬芳，透着诗韵，携着风骨，蕴着高雅，诱惑着我的身心，让我惊艳，令我震撼。

杜鹃花，经历了风雨洗礼，载满着风姿绰约，姗姗开放。"疑是口中血，滴成枝上花。"这红，可是西天遗落的丹霞？浅粉露出娇羞，艳红渗着妖娆，深红饱蘸高雅，绚丽多彩，摄人魂魄。这红，如同激情燃烧的火焰，火热而浪漫，漫山遍野殷红渲染，是何等的惊鸿照影，撼动心灵。这红，可是情侣之间的血色相思，寄托炽烈的爱恋，铭刻心动的瞬间，珍藏真挚如初的情感。火红的杜鹃花，如同身穿红嫁衣的新娘，积攒一生的情愫，用别样刻骨铭心的美，演绎着爱的绝唱。

杜鹃花与世无争，不随波逐流，虽有惊世骇俗之美，却心甘情愿栖身在贫瘠的山崖，怎不让人赞叹和钦佩！当繁华逝去，美丽不再，它不忧伤凄然，更不孤寂落寞，也从不曾感到委屈和不甘。她不献媚不哗众不取宠，即使随风而逝，也毅然决然地化为土碾入泥，滋养着生养的山岭。神奇的杜鹃花啊，绽放的是魂魄和神韵，艳压群芳是她的写照，洁身自好是她的本性，情节高尚是她的品质。

这是一种何等坚强不屈的品格！扎根在悬崖峭壁之上，却开出了铺天盖地的绮丽！她该是经历了一番怎样的顽强不屈与百折不挠？是什么样的精神力量在支撑着她的思想境界？又需要何等的勇气才能开出如此绝美的花儿？是炎黄二帝的神奇传说给了她灵感？是情侣峰的千古之爱给了她信念？是碧玉潭水的清澈灵动给了她源泉？是西泰山的秀丽风光激发了她对美的渴望？……她不愿随波逐流，落入俗尘，历尽千般苦，终于坚定而淡然地开出了令人惊羡的绝代芳华。只有经霜的红叶才能红透，只有饮过秋霜的诗人眸子里才能折射出知音的泪水。"归心千在终难白，啼血万山都是红"，她开放在岁月的枝头，生命绽放出不凡的华彩，来也迤逦去也优雅，即使枯萎凋谢也欣然从容，化为春泥更护花，来年更现旖旎风姿，再显高洁情操。

愿做悬崖上的一枚杜鹃花，不卑不亢，不折不挠，以独有的姿态绽放华美人生。

第三辑 飞鸿印雪

地铁随想

阳春三月,一个阳光明媚的上午,我来到洛阳正在兴建的地铁工地。

从地面沿着临时修建的铁板阶梯拾级而下,一道悠长的地下隧道若隐若现、如梦似幻,透着尽头处隐隐约约的光亮。施工现场,一派热火朝天的景象,那些朴实却又让人尊敬、感动的地铁建设者,有的埋头扎钢筋,有的认真测量数据,全然忘记自己身处地面几十米之下。他们用一滴滴汗水,浇铸出古城洛阳的地铁之花。

哦,这就是曾多次在我梦幻中出现的洛阳地铁。每一次北上京津,乘坐大城市便利的地铁,总期盼着有朝一日故乡也能修建地铁。我曾一次次呼唤,古城家乡的地铁呵,你何时才能开通?

而如今,伟大的祖国走过了风风雨雨七十年。花开花落,沧海桑田,洛阳城发生了翻天覆地的变化,到处都是日新月异的新气象。洛阳有了自己的地铁,这一天真的来到了。今天,我终于看到了朝思暮想的洛阳地铁,她——就是故土城下真真实实的地铁啊。

地铁,我故乡洛阳城下的地铁!她虽正在建造之中,只是初具规模,还没有京津地铁的气势,但在我心里,她确实能与洛阳牡丹媲美,可与古典宫楼亭榭同辉。因为她以独特的语言倾述着古城几千年的历史风霜,用飞速的脚步丈量古城的历史,用颤抖的心脏感受古城的快速发展。她是故乡人民的骄傲,更是洛阳文化底蕴丰满内涵的时代象征,让我情不自禁浮想联翩……

往事如烟。在我刚刚识字的年纪,父亲就给我讲述了很多洛阳城的往事,其中,对我印象最深的就是交通的变迁。

父亲一生都固守着故乡的家园,他对洛阳古城,倾注了毕生的爱。少时,我家就住在小城不远的村庄。每每走到村口,父亲就指着村口的公路,给我讲述他小时候的故事。少年时期的父亲,冬天到洛阳城去卖红薯,拉着架子车缓慢前行,风餐露宿,苦不堪言,一个来回要花上一整天;后来终于有了自行车,再后来有了公共汽车……父亲博古通今学识渊博,他的讲述绘声绘色,深深地定格在我的记忆深处。通过父亲的描述,透过岁月的尘封,我依然能感受到那远去的岁月,交通的滞后给人们带来的心酸与无奈!

春风化雨,父亲声情并茂的讲述,深深地铭刻在我稚嫩的心田。那时,小小年纪的我,却有着一颗异常敏感的心。我能感觉到,父亲轻拂在我耳畔的涓涓细语,却有着深深的遗憾和淡淡的忧伤。父亲,我知道,您遗憾的是:故乡有名寺古刹白马寺,故乡有举世瞻仰的龙门石窟,故乡有甲天下的牡丹,故乡有十三朝古都留下的历史遗迹等,江山留胜迹,我辈复登临,但却没有动车、轻轨、地铁等现代化交通工具,方便人们出行和瞻仰游览;您忧伤的是:故土这座城,最终将会有现代的交通工具穿梭于青山绿水之间,但却不知到何年何月,也许需要经过漫长岁月的等待,您,毕竟是无缘看到……

无可奈何花落去,似曾相识燕归来。时光荏苒,沧海桑田,社会在前进,时代在变迁。洛阳地铁!父亲,您的女儿看到了洛阳自己的地铁！有了地铁，洛阳古城同其它城市的距离终于拉近了！父亲，您的遗憾成为现实，而您却无缘看到！

今天，在这"若问古今兴衰事，请君只看洛阳城"的古城之下，在这催开桃李又飘到柳梢温柔飘拂的春日里，望着眼前正在兴建的地铁，我的眼前幻化出另一番景象：她如仙女一般翩翩浮现在烟波悠悠的洛河之上，"犹抱琵琶半遮面"；她与定鼎门，一古一今相映成辉，载满古城和来古城的人到想去的地方，不论多么遥远，很快就能到达。

古城换新颜，洛阳已迎来高铁时代。洛阳，我爱你！

伊河岸边话粽香

　　花开花落,四季轮回,一年一度的端午节又快到来了。每当到了这个时节,在我的家乡,大街小巷都洋溢着节日的气息。空气中飘散着粽子的清香,融化着亲人们相聚时刻的温情。那是千百年传承已久的乡风民俗,总是让我品尝出旧时光的味道。

　　驻足的间隙,儿时有关端午的记忆,便在粽子的清香中弥漫开来,像发黄的老电影一样在我的脑海里回放。

　　我家住在伊河岸边,端午吃粽子是由来已久的乡俗。每年一进入农历五月,奶奶就开始提前几天浸泡糯米了。有的年份还要花一天的时间,带着我的妈妈,与邻居大婶大妈一起到伊河滩的芦苇丛里采摘包粽子用的新鲜苇叶。我那时候还小,总是想跟着一块去凑热闹。我清楚地记得,在茂密的芦苇丛里,幼小的我,一看不到大人就害怕,带着哭腔叫着:"妈妈、奶奶,你们在哪?"不远处就会传来妈妈温柔的声音:"兰儿,别害怕,妈在你身边呢!"奶奶和妈妈采摘完粽叶后,还要在河边一片一片地把上边的泥水洗干净,然后带回家放在太阳底下晾干。端午前一天，奶奶和妈妈就开始在院子中间的空地上包粽子，我和妹妹也在旁边一边看着，一边模仿大人们包粽子的手法。只见奶奶和妈妈灵巧地把粽叶在一块木板上铺平，然后卷出一个下部尖尖的空筒，把泡好的糯米放进尖筒里，然后塞进两三个红枣，最后双手一翻，就把长长的粽叶翻转过来，盖在糯米上边，来回翻转几次，就把糯米和红枣紧紧地包裹在一起了。裹紧之后，拿几根准备好的稻草捆扎起来。一个玲珑美观的粽子就算包好了。所有的粽子包好后，夜里还要放在院子里让露水浸润一下。据说经过露水滋润，煮出来的粽子会特别清香可口。临睡前，妈妈便把粽子放进大锅里，加满水，在炉膛里添上一根根干柴，把火烧得很旺。妈妈直守到粽子微熟，才会睡下。而等待不及熟睡过去的我，总是会在梦里吃到香甜美味的大粽了。经过一夜漫长的等待，早晨我和妹妹早早起床，揉着惺忪的睡眼，急步钻进厨房，粽子的芳香已经扑鼻而来……早已在厨房忙碌的妈妈，麻利地倒出热乎乎的煮粽水，取来毛巾给我们洗脸，说用煮粽水洗脸皮肤滋润眼睛亮。母亲捞出粽子递给我们，流着口水的我剥开粽叶，亟不可待地咬上一口，啊，香甜滑嫩，真是太好吃了！吃完粽子后的粽叶，母亲是不允许我们随便丢弃的，总要再次拿到河里洗干净了，挂到墙上晒干，等到来年重复使用。用过的粽叶包出来的粽子比用新粽叶包的更加香甜好吃。

幼年的时候，关于端午节包粽子是纪念大诗人屈原的传说，我并不知道，但是那种童稚的快乐，却早已深深铭刻于心。梦里梦外，粽米飘香，让我至今难以忘怀，久久回望。

后来上学读书了解到，南朝梁文学家吴均《续齐谐记》记载：屈原五月五日投汨罗水，楚人哀之，至此日，以竹筒子贮米投水以祭之。汉建武中，长沙区曲忽见一士人，自云"三闾大夫"，谓曲曰："闻君当见祭，甚善。常年为蛟龙所窃，今若有惠，当以楝叶塞其上，以彩丝缠之。此二物，蛟龙所惮。"曲依其言。今五月五日作粽，并带楝叶、五花丝，遗风也。屈原，战国时期楚国诗人、政治家，曾任左徒、三闾大夫，兼管内政外交大事。博闻强志，举贤任能，修明法度，力主抗秦。因遭贵族排挤毁谤，被流放至汉北和沅湘流域十多年。秦将白起于公元前278年攻破楚都，屈原自觉救国无望，于次年投汨罗江殉国。童年的快乐味道里竟然蕴藏着这么悲壮的感人故事，每逢粽香飘来，眼前总会想起，有那么一个清瘦的老人，须髯飘飘，华发苍颜，一身青衫随风飞舞，久久地伫立在湘江岸边，怀着满腔热血，深情地凝望着饱受磨难的祖国，仰天长叹"亦余心之所善兮，虽九死其犹未悔"，"路漫漫其修远兮，吾将上下而求索"。此情此景，怎不让人为之感慨，泪洒长天。屈原伟大的爱国情操和铮铮铁骨，早已化作了汨罗江绵绵不断的清流，化作了中华民族坚强不屈的脊梁，永存于茫茫天地之间。

伊河是家乡的母亲河，自南向北缓缓流淌，不舍昼夜。那流淌了千年的河水，养育了一代又一代的两岸人。汤汤伊河两岸，有茂密的芦苇荡，随风摇曳，富有诗情画意；有纵横交错的肥沃稻田，水稻扬花时节，微风吹之，满川飘香。伊川人包粽子用的白米是伊河岸边盛产的糯米，这种大米清香而黏连，尤其适合包粽子；包粽子的粽叶，是生长在伊河岸边的芦苇叶，清香沁心，一经蒸煮与米香浸润，二香交融激荡出绝妙的神奇香味；甚至包粽子用的稻草，也是伊河岸边生长的水稻的秸秆，经水浸泡后芳香、结实、耐用。可以说，没有伊河，就没有伊川本土如此美味的粽子，端午节包粽子也许就不能成为伊川最主要的习俗。悠悠伊河情长，端午粽米飘香！

现在的粽子种类越来越多了，有草把头、菱米子、斧头状、小脚形、脚爪形、小长方形……一个个像是粽叶包扎成的工艺品，精美绝伦。前些年人们生活贫困，包粽子时一般只包大米，光景好的年头，馅料能加入红枣和花生就是珍奇无比的美味了。如今人们生活富足了，包粽子时，糯米中加入的馅料有红豆、蚕豆、蜜枣、蛋黄、火腿片、咸肉等。包粽子可是个技术活儿。把桌子放在外地中央，桌子上放上一大盆用清水泡好的糯米，米里飘着红枣，混着花生米。还有一大盆清水泡好的苇叶，一大盆清水泡好的稻草，首先熟练地将两到三片叠放的粽叶压住边缘捻开，双手同时夹住粽叶的前端往里对折成圆锥漏斗状，然后用左手握住，腾出右手抓一小把糯米放进去，用手指压实，接着在重复放米、压实过程中，还塞几颗红枣或者花生等馅料进去，最后将粽叶折回包住，扯出一根稻草，魔术般的从中间交叉一绕、一系，一个又似圆锥又像三角的有棱有角的绿莹莹、水灵灵的粽子就包好了。放进锅里煮一个多小时熟透唔好，就可以开锅食用了。苇叶与糯米的清香飘散开来，幸福荡漾在每一个人的脸庞，甜蜜氤氲在每一个人的心里。

宋代杨无咎在《齐天乐·端午》中写道："疏疏数点黄梅雨。殊方又逢重午。角黍包金，菖蒲泛玉，风物依然荆楚。衫裁艾虎。更钗袅朱符，臂缠红缕。扑粉香绵，唤风绫扇小窗午。"按照我们伊川的风俗，端午节是出嫁的女儿回娘家的日子。出嫁女带上亲手包的粽子，怀着对父母的感恩之情，带着儿女回到了娘家。而在家等待的妈妈一年年老了，脚步不再轻快，白发已然丛生。韶华不再的妈妈，却依然不停忙碌着，亲手包好粽子，等着贴心棉袄回家团圆。细黄的稻草，青绿的粽叶，串起记忆，串起亲情，包裹着爱心和关切，包裹着温馨与甜蜜，蕴涵着那一段无法重来，永难忘却的美好记忆。

端午节是除春节、元宵佳节之外的比较重要的节日，因为这个节日风俗多情意重，凝聚人们对屈原爱国情怀和高洁品格的敬仰，更重要的是融汇着亲情和最高精神理想。这几年国家规定端午节放假，人们有充裕的时间为节日准备，这个节日得以更加重视。粽叶飘香的时候，就是回家的时候，品味粽子味道，就是在品味家的味道。趁着端午节的到来，再回趟家吧，再看看我们那年迈的爹娘，回味一下儿时的记忆，那最温馨的时光。

月饼飘香

又是一年中秋节。这时候，最为惹眼的是超市里那些琳琅满目的月饼，包装一个比一个精美，馅料一个比一个美味。而我有关月饼的味道，总是散发着淡淡的广式月饼香味的记忆。

童年时期的月饼，只有一种，叫广式月饼。四个月饼为一斤，摞在一起用草黄色的毛草纸包好，最上面用一张大红的印着商标的纸压住，商标纸上印有一个花边方框，用老宋体字竖写着"中秋月饼"四个字，最后用细细的纸绳十字扎紧。红纸上的图案很美丽，印刻着嫦娥奔月的图景，让人的思绪总是飘向那美丽的月宫，似乎看到了桂花树下的襟飘带舞的嫦娥，和她怀里可爱的小白兔……月饼馅里有核桃仁、花生仁、冰糖、芝麻，还有红的绿的一些叫不上名堂的食材，烤制焦黄，透过包装纸散发的清香，是那个年代小孩子们最为美味的诱惑。

那时候的中秋节，家里一般只买两个月饼就代表过节了，而且不到中秋节的晚上是绝对不能品尝的。我总是想着月饼的美味，咽着口水，盼着太阳快点落山，月亮早点升起来。

飒飒的晚风伴着秋天的清凉，又大又圆的月亮升起来了。母亲开始忙着摆香案了。香案上摆着花米桃，枣花馍，中间是我们最盼望吃的月饼，简单而又丰盛。几个孩子已经抵制不住诱惑了，望着香案上的月饼吞咽着口水。母亲看着我们的馋猫样，嗔笑道："看你们馋的样子，要祭完月神才能吃。"一边说一边转身从柜子里取出来几个花米桃让我们先解解馋。

香案上的蜡烛跳动着诱人的火焰，家里的晚餐也在皎洁的月光下开始了。吃罢晚饭，已是七八点的时光了。在月下，全家人依次拜祭月亮，然后母亲小心地切开一个月饼，一切四半，先让我们递给奶奶一半，再分给我们三个孩子一人一半，她和父亲则微笑着看着我们吃。我问父母亲为什么不吃月饼，他们总是说：不喜欢吃月饼，甜得发腻。于是我便开始吃了起来，很小口地品味着，月饼的香味却溢满了整个口鼻，心里的那个美呀，无法形容。也便想不明白这么好吃的东西爸妈为什么就不喜欢吃。妹妹总是太心急，三两口就吃完了，然后歪着脑袋问我月饼是什么味道。父亲看着妹妹的馋嘴模样，笑着让母亲把另一个月饼切开，又递给妹妹一块。这回妹妹学乖了，也开始慢慢地品味起来，那忽闪着的两只大眼睛，像是在思考着什么……

时代在变迁，月饼的传统工艺也在不断改变。现代的月饼也越来越品种繁多，真的是好吃又好看。月饼已逐渐演变成为一种品味和文化，讲究的是档次、包装和价位。然而，每当中秋节，最怀念的还是童年时期的广式月饼，它总能瞬间把我的记忆延展，串成穿越时空的亲情回忆，承载起不曾忘却的童真时代，在我心里变得越发浓郁香甜起来。

老城，我生命中曾经驻足的地方

　　洛阳老城师范学校，在20世纪90年代以前非常有名气。百年来，她培养了数以万计的优秀毕业生，为基础教育事业做出了突出贡献，堪称世纪名校，人才摇篮。1905年，她的使命完成以后，被改制成为一所专门培养幼儿教师的师范学校。

　　90年代初期，我曾在洛阳师范学校学习了三年，成为曾经在老城驻足的过客。那年那月，那段时光，无数次，我徜徉在老城的青砖灰瓦下，聆听着春风和曲，感受着古城气息，熟视无睹地穿越老城熙熙攘攘的人流，任凭日子流水般一去不返。

　　春天的柳絮飞过，夏天的花儿璀璨，秋天的落叶飘落，冬天的雪花翩然，载着我的思绪向老城飘去，记忆中沦落的青涩，从指尖沁到心底。还好吗？我生命中曾经驻足的地方！

　　记忆中，到学校去要坐9路公交车。在青年宫站下车往北走，不远处有一个大商场，里面是琳琅满目的商品，商场前边是挤挤挨挨的店铺，浓浓的麻辣味充斥在空气中，招徕顾客的吆喝声此起彼伏，触目所见是一个接一个的大招牌和各色美食。在这里，我平生第一次品尝到了凉皮、凉面、麻辣面等特色小吃。记得那时候这些小吃都是五毛钱一份，现在都已经是七八块钱了。

走过热闹的青年宫，再穿过几条狭窄的小巷，就到了气派的师范学校门口了。街道两边是低矮的古住宅区，有几户人家在临街墙上开个小窗口，零卖一些学生日常用品，我便隔三岔五地去买几块臭豆腐回学校吃。那时候我总想不通，老城人为啥会蜗居在这样鸡窝般狭窄而拥挤的地方。

学校面向南，门口东边有一家小吃店，做的米线和炒凉粉非常好吃。正对着校门口有一条大路，西边是教师公寓，再往前走，校园中央是四层的教学楼，教学楼的东后边是餐厅，餐厅二楼是大礼堂。教学楼的西后边是男女生公寓，公寓后边有一条护城河。整个校园庄重典雅，充满书香气味的校园在护城河的滋润下，古朴而充满灵秀。

记得那时候回家一趟的路费是六元钱，为了省下这六元钱，我一般一个学期都不回家。于是，周末闲暇的时候，就在老城附近转悠。

步出学校大门，沿着熟悉的古民居小巷向南走，走过青年宫，横跨中州路，就到了一条较为宽敞的商业街。这里印象最深的是一个叫八角楼的地方，它位于老城东、西、南、北四条大街交汇处的核心地带，是一座四层八角仿古的建筑层，飞梁挑角，雕梁画栋。八角楼里面是集经营工艺美术品、黄金珠宝、服装鞋帽为一体的综合性商业大楼，每天都热闹非凡，繁华异常。当时我们学生中流行着这样一句话："不逛八角楼，枉来洛阳城。"周末我们都喜欢到这里逛街。

自古以来，老城八角楼一带都是满街生金的地方，无论是店铺经营，还是流动小贩，都在这里赚取了相当的财富，孕育了一代又一代的巨商富贾，这一带因此也成了老洛阳财富的聚集地。八角楼的周围文化气息浓厚：董公祠、史家大院、寇家大院、城隍庙、文庙等人文景观分布其间。漫步街头，古风、美食、文化用品应有尽有，毫不逊色于京城热闹的南锣鼓巷，能深切感受到老城古文化的魅力。这里更像老洛阳的一个缩影，沉淀着历史沧桑和现代时尚，给人以恍若隔世却又生机勃发之感。

花开花落，春去秋来。师范三年，转瞬而过。毕业时，有一位在市教育部门任职的亲戚主动提出，如果我愿意留在老城学校任教，他可以帮忙协调。而那时不涉世故的我，有着浓厚的恋家情结，迫切希望回到父母身边。就这样我与老城擦肩而过，最终成了她的一个过客。

二十余年的时光弹指一挥间，我也从当年的那个懵懂少女进入了不惑之年。但是在我的记忆深处，老城就像一坛陈年老酒，珍藏在我的心灵深处，越品越香。时过境迁，虽然早已不熟悉来去的道路，但是那里留下了我人生路上最纯真美好、最无忧无虑的一段时光，曾经相识的温馨时常触动我内心深处最柔软的地方，温暖着我的心房。

一个阳光温暖的午后，我再一次来到老城，寻找那份经过沉淀的起点情怀。浮光掠影，沧海桑田，这里已是另一番繁华景象。穿梭在似曾相识的街道，古朴的青石板路上行人络绎不绝，街道两边的商铺鳞次栉比，文房四宝、金石古玩、锦旗印章、新老书店、古洋乐器、茶楼酒肆、五金交电、书籍古玩……应有尽有，琳琅满目的商品，以及那些老宅上的草丛和瓦松，墙角的苔痕，斑驳的雕梁画栋、厚厚的黑漆木门，无不印证着悠久的宁静，洋溢着悠远的古韵，昭示着曾经的锦瑟繁华和悲欢离合。那些摩肩接踵的行人，有的在驻足留恋，有的在讨价还价，有的在欣赏品味。逛累了，古街两旁的各种特色小吃，随便进入一家，不翻汤、浆面条、狗不理……准保会吃得过足嘴瘾，畅快淋漓。古街两边时而显现窄而长的小巷，青砖瓦砾、石板路、小阁楼，一些皱纹里藏满故事的老人，悠然地坐于开满花草的院门前的木凳上，是那样的不骄不躁，神清气闲。再往四周寻觅，周公庙、三陕会馆、文庙、四眼井、妥灵宫鼓楼、文峰塔……这些人文景观依然存在，记载着洛阳栉风沐雨的沧桑，深种着洛阳的文化底蕴。漫长岁月的风剥雨蚀，没有洗去老城的古风遗韵，她较好地保留了古老的传统格局和历史风貌。

老城故事多，充满喜和乐。老城，锤炼出一代代人才栋梁，传承着洛阳不朽的厚重文脉，古风遗韵是这座城市的灵魂和精髓。有关部门对老城在改造与建设中，较好地保留了她原汁原味的历史风貌，留住了她的神与韵。这一点，弥足珍贵，难能可贵，值得欣慰。

天津散记

中国的四大直辖市——北京、上海、天津、重庆，北京去领文学奖次数最多，上海随旅游团旅游过，重庆则是去参加亲戚的婚礼小住过数日，对这三个城市人物风貌都有了一定了解，而唯独没有去过天津。可以说，天津是我诗梦起航的摇篮，我的处女作是被《天津日报》发表，天津有很多帮助过我的文友，我还曾任《南开春秋史报》特邀编委，尤其是近来我正在完稿的红色抗战小说《代号白猫》，故事的发生地就在天津。于是去天津就成了我最大的一个愿望。

终于，今年的八月底我有机会出差来到了天津，走马观花，去了几个景点，对天津也有了一定的了解。遗憾的是没有到天津的海边去玩，那就等着留到下一次到天津再实现这个梦想吧。

天津最有代表性的景观就是世纪钟和天津之眼了吧！2001年1月1日零时，悦耳的钟声在解放桥前响起，敲响迎世纪钟声的，是天津新的标志性建筑——世纪钟。我们是上午来到世纪钟跟前的。碧蓝的天空之下，凉爽的海风吹拂，我们衣袂飘飘，髯发轻掠，宛若跨世纪的仙人。

抬眼望，但见眼前的世纪钟有三四十米高，通体金属，流光异彩，镶嵌在蓝天之下。钟摆上下，日月辉映。钟盘圆周，众星拱卫，中西交融，天人和一。古典与现代浑然一体，与古老的解放桥互相映衬，显得古朴典雅，寓意时空延续，时不我待。整个世纪钟在庄重之中显出飘逸隽永，构成了一个完美的时空造型，标志着天津这座老工业城市在历史的进程中已经又前进了一大步！

第一眼看到天津之眼，我就被它的恢弘气势所慑服了。我们是晚上八点就来到了海河边，一座巨大的七彩霓虹吸引着所有人的目光。它是一座横跨海河的大型摩天轮，兼具观光和交通功用。天津之眼，到达最高处时，周边景色一览无遗，能看到方圆数十公里以内的景致，大美尽收，是名副其实的"天津之眼"。它从"睁开"的那一天起，就一直俯瞰着天津这座希望之城，见证它的不断变迁，让天津和来自五湖四海的人们幸福飘溢，有了更多的渴望和梦想。津城因它而灵动，流转只在它眼中。天津之眼作为世界上唯一一座建在桥上的摩天轮，超越了大名鼎鼎的伦敦之眼而跃居世界第一，其巧夺天工和奇思妙想确是当之无愧的"世界第一"。静静流淌在天津眼之下的夜景海河，比白天更加壮美超凡。两岸彩灯齐明，像串串彩珠，映入河中，波光灯影，闪闪烁烁，若明若暗，流动变幻不止。游轮彩灯迷离，穿行其间，两岸游人如织，悠然尘外，宛若置身于天上的街市。当我们赶去买票想要坐上天津之眼，亲自体验时，却被告知当天票已售罄，深感遗憾。

意大利风情区和五大道洋楼区是最具有代表性的租界区，现已被开辟为旅游观光区。天津有着自己独特的中西文化的厚重底蕴，历史上天津先后被英、美、法、日、俄、德、意、比、澳九个国家租界，所以留下了不少具有西方古典浪漫主义色彩和风格的大小洋楼。从海河边走过来，首先看到是高高的有尖顶的钟楼，再往前，看到精致的镂空铜马车，就标志着意大利风情区到了。这里意大利风格的小洋楼成群，红顶意式建筑群，欧式雕塑，徜徉在街上，仿佛置身于欧洲小镇。观赏着红顶意式建筑群，欧式雕塑，踱步到马可波罗广场。沿街有不少店铺，出售精致的工艺品、小玩意，游客摩肩接踵，热闹非凡。马可波罗广场是景区的标志性建筑之一，中央柯林斯式的石柱上站着手持橄榄枝的和平女神。往西走，是威尼斯广场的"飞狮许愿池"。角亭高低错落，满眼圆拱和廊柱，广场、花园点缀其间，让人驻足流连。浓浓的地中海风情，成为了众多影视剧的取景区，也吸引了很多拍婚纱照的爱侣。在意大利老租界里，还有很多名人的府邸。民国大总统、大军阀曹锟故居现在是渤海商品交易所，袁世凯故居、冯国璋旧宅现已改为饭店，还有曹禺故居、张廷谔旧宅等。听身旁的导游说，到了夜晚，意式建筑亮了灯，西餐厅、咖啡店里的烛光、灯光摇曳，酒吧变得热闹起来，意大利风情区的景色和氛围更加多彩迷人。

所谓五大道是马场道、睦南道、大理道、常德道、重庆道，汇聚着数百座各式风格的小洋楼，多是花园式或别墅式的小洋楼。许多近代的中国名人曾在这里居住过，如张作霖、孙殿英等等。顺着五大道走去，马路不算太宽，但干净整齐，两边是各式的小洋楼，古朴典雅，古色古香，草坪盎然，绿藤覆盖，但大多已无人居住，有些面积稍大一些的建筑还驻有单位，比如天津音乐学院就在一组很漂亮的洋楼内。路上还停着待客的旅游马车，散发着古老浓郁的传统风情。可惜的是因为时间关系，不能把这五条道一一游到。

天津瓷房子也是一处让人叹为观止的景观，其前身为民国外交官黄荣良故居，后被商人买下用瓷片装饰，因瓷器的英文China与中国同音。房子内外贴满七亿多古瓷片、一万三千多只古瓷瓶和古瓷碗，丰富多彩，气象万千。瓷房子是西式洋楼，多姿多彩的墙体装饰全是瓷器，妙趣横生，没有一处雷同。门类齐全、历史久远的瓷器、瓷片装点着房子的每一个角落，房子墙面、立柱、窗框，甚至两边的古树上……无不装点着瓷片构成的具有文化、历史象征的图案。一件件完整的瓷瓶被精心装点在围墙和屋顶上，特别是巨龙形象异常醒目，或九曲回环成《山海经》中的神兽龙的形象，或蜿蜒成China形态，仿佛这瓷房子的纹身，让中国瓷器文化与中国传统图腾达到了水乳交融的无二境界。瓷房子现在声名远扬，游客络绎不绝，每天接待数千人。

　　天津茶馆相声已经在全国叫响，已成为重量级的天津文化品牌。我们用了一下午时间去小梨园听相声。小梨园戏楼是清代北方的民宅戏楼，现在里面不仅供游客参观，还举办民俗相声快板等。座无虚席，两点半准时开场，一个开场快板《愚公移山》满座哗然。接下来一个个地道的天津相声，幽默风趣，风味独特，现场不断爆发出掌声、笑声和叫好声。天津相声的表演特色是自成一派，以讽刺见长，富于幽默感，说逗俱佳，而且原汁原味儿、贴近群众。因此，近年来到天津茶馆听相声越来越火爆。

　　天津的狗不理包子，是一定要去吃的。我们来到了一家正宗狗不理包子店。从来没见过如此气派的包子店！装饰豪华，优雅大气。有各种美味菜肴、海鲜，更有各种风味的包子。包子外表美观大方，褶皱如出一辙，远远就能闻到一股淡淡的清香混杂着鲜美肉味。打开蒸笼，饱满嫩白的包子冒着热气，一下子勾起了肚子里的馋虫。拿一个吃在嘴里，透心舒畅，酣畅淋漓，就连面皮吃起来也非常软香可口。从来不吃肉包子的我也津津有味地吃了好多个。狗不理包子，清代工艺，名不虚传！

　　我们在天津市区居住的宾馆旁边就是小吃街，还有机会品尝到了天津小吃。天津小吃种类丰富，凉皮、凉面、臭豆腐、大鸡排、炒年糕、鸡蛋汉堡、章鱼小丸子、铁板鱿鱼……应有尽有。而且小吃街里的吃食大多很便宜，和我们县城的价位差不多，米线、土豆粉九元一碗，油条、鸡蛋一元一个，豆腐脑三元一碗。我于是和妹妹开玩笑说：天津物价不高，我们的工资在天津也可以生活下去啊。一家自助饺子店，三十三元一位，各种海鲜、时令水果、美味菜肴、原味饮料随你吃，酱油、醋、辣椒、蒜蓉、麻油一应俱全，各种馅料的饺子随你吃。里面客人爆满，有接待亲戚朋友的，有带着全家来品尝的，在这里可以吃到想吃的各种美食，大家一个个吃得热气腾腾。

在最后一天的上午，我们急匆匆赶去参观了紧紧毗邻的南开大学和天津大学。两所大学，不愧为百年名校！古朴幽雅的自然环境，源远流长的传统，浓厚厚重的文化氛围，朴实无华的校舍校貌，儒雅厚重的教师风范，让我大开眼界，遐思不已。名校为莘莘学子营造了得天独厚的学习环境，也为祖国培养了数以万计的卓越栋梁。天津中医药大学近年来随着国家对中医药的重视声名鹊起，本欲前往参观，已经到了赶往高铁站的时间，只好作罢。

这次天津之行给我留下了崭新而深刻的印象。天津厚重的历史文化底蕴举世瞩目，民俗饮食文化别具特色，在经济走向繁华的同时，形成了独具一格的地域文化。盛世繁华的天津让我刮目相看，无限留恋，相信不久一定会再去重游。再见，天津！

春游娘娘山

从伊川县城东行经过水寨镇、白沙镇，再沿白半路行至孝村往南穿过程子沟的山村公路逶迤而上，我们便进入了一个峰峦起伏、天然纯美的山苑——娘娘山。

在这初春时节，山野已由枯黄转青绿，透出勃勃生机。山坡上，山顶上，一簇簇、一片片，粉红、粉红的，那便是灿烂的山桃花。一团团、一树树，粉红、粉红的山桃花，你来与不来，她都在，任一年一年的岁月蹉跎，她依然花开花落，安之若素，只做她超然红尘的"世外桃源"。

沿着一条新铺的水泥公路上山，一路欣赏着路边春日的山色，山野的勃勃生机，大自然旺盛的生命力，观之精神也不由为之一震，拼搏之心油然而生。

水泥公路蜿蜒曲折，车可以一直开到山顶。这条道，见证了娘娘山的一草一木，承载着历史的沉浮与变迁。世上本没有路，走的人多了便成了路。娘娘山原来没有像样的道路可走，一条崎岖不平、坎坷无尽的蜿蜒小道，荆棘遍布，又窄又陡。勤劳质朴的山民，为生计所迫，一步步、一年年踩踏而成，沾染了汗水、泪水甚至血水的厚重痕迹。过去这里常有土匪刀客出没山顶，周边现存有抗日战争时期留下的战壕，被茂盛的草木覆盖，已很难让人感受到血色岁月的战火纷飞。据说有开发商打算适时将战壕清理恢复，作为爱国主义教育基地对外开放。

娘娘山最有灵气的地方，就在于它海拔658.8米主峰上的娘娘庙，红色的庙宇和红顶亭阁，飞檐挑角，古香古色。旁边还有一座新建的青塔——娘娘塔。这些是娘娘山的标志，蕴含着古朴典雅的风韵之美。而最为让人难忘的，是有关娘娘山的渊源，那悠久而美丽的历史传说。

相传秦朝末年，农民起义风起云涌。刘邦采张良、陈平之谋，仗韩信、樊哙之勇，势如破竹，称天下之雄。刘邦之妻薄姬随刘邦征战中原，挥师于河南西部的霸陵一带，连战连捷。

一日，霸陵战机失利，刘邦险遭不测。多亏娘娘智勇双全，运筹帷幄，她亲自坐镇指挥，救回刘邦，终于化险为夷。后来，薄姬辅佐刘邦称帝，即汉太祖高皇帝。薄姬生子名恒，即孝文皇帝。文帝承母遗训，励精图治，以致四海升平，国势日强。因之，寻娘娘当年征战之霸陵，建起薄太后拜殿（今称霸陵娘娘庙），霸陵也因此被称为"娘娘山"。

如今来到此地，触景生情，不由浮想联翩，沧海桑田，风云变幻，天上人间，穿越千年，无不为娘娘的巾帼豪情所动容。

登上山巅，顿觉视野开阔，神清气爽。此处是伊川、汝阳、汝州三县交界，立有界碑。伫立在这里，可观四周峰峦之峻美，可赏山脚田野之画意，可闻晨晓之啾啾鸟鸣，可看黄昏之奕奕云霞，顿有了一种"采菊东篱下，悠然见南山"的美好境界。

山巅的娘娘庙大殿，雕梁画栋，气势恢弘。殿间的娘娘坐像，形容俊美，气度不凡，国色天香，瑞彩翩翩，和汉太祖并肩端坐。娘娘庙规模虽不大，却也香火鼎盛，游人香客纷至沓来，游山玩水，顶礼拜谒。

娘娘塔是近年新建而成。据说古时山顶建有一座娘娘塔，后由于年代久远至今已经损毁殆尽。后来，娘娘庙管委会在众多爱心人士的募捐支持下，在原址上复建了娘娘塔，终于重现了昔日古塔的风采。娘娘塔和娘娘庙像一对老搭档，如影随形，相依相辅，与周围的天光云影、山色树影相映成趣，相得益彰，也使得娘娘山显得格外和谐、宁静，让人似乎置身于红尘之外，顿然心境淡怡，流连忘返。

庙院内有两棵树，一棵是皂角树，皂刺绕身，据说在此已生长了数十年，此时新绿焕然乍起，山风吹过，树叶哗哗作响。阳光透过树叶照在地上，斑斑驳驳，银光闪闪，恰似进入了一个妙趣横生的童话王国。另一棵是柏树，有碗口粗细，与皂角树相依相伴，据说也已在此安家三十年有余。两棵树上挂满了善男信女的红色平安带，让寂寥的山间蒙上了一层神秘的色彩。千百年后，这两棵树必将成为两棵古树精灵，见证娘娘山、娘娘庙和娘娘塔的千古风韵和熠熠神采。

在大殿的正后方有个点将台，点将台下方是仙门洞，深不可测，据说可以通到汝州市大安镇，但目前尚无人敢去探险。洞口用石块封堵，并塑立神像三尊，供香客祭拜。

除了那些施工的铲车带来的噪音外，整个娘娘山是寂静的，犹如一首无言的诗歌，但寂静中有花花草草的清雅灵动，有枝头飞过小鸟的翩然娇俏，即使是那脚下奇形怪状的乱石，风雨冲刷的印痕也会让人诗情勃发，心潮澎湃。山路边，荆棘丛中，遍布着嫩绿的蓬勃的野菊花，这人间"仙草"啊，是大自然所赐予的人间的灵物。每到春天，漫山遍野的野菊花繁华如雪，茂盛葱茏，春风吹过，颔首微笑。圣洁雅淡之景象，让人心意悠远；从容逍遥之幽香，更是沁人肺腑。千百年来，野菊花在人们的心中，不仅仅是一种简单普通的药用食用之材，更是一种乡愁情怀，和一种"野火烧不尽"的生生不息的奋斗精神！

矗立于娘娘山之巅，我的思绪穿越悠悠时空，蛰伏于娘娘山千年的云烟风尘之中，遂成七言律诗一首——

中州名胜回眸望，
柳绿桃红喜欲狂。
兴至笺飞心韵舞，
人归云驻古情翔。
塔楼叠影山河在，
光烈丹忱日月长。
惯看春风秋水去，
恰逢盛世著华章。

颁奖晚会中的小插曲

2017年10月13日晚上,我参加了"喜迎十九大,放歌中国梦"——2017伊川县广场文化活动颁奖晚会,观赏了晚会上丰富多彩的文艺节目。晚会由中共伊川县委、伊川县人政府主办,中共伊川县委宣传部、伊川县文化广电新闻出版局承办。县委书记李新红亲自到场,具领导刘向平、吕晓辉、王耀光、王瑞鹏、阮长京等到会观看文艺节目并分别为在广场文化活动中表现优秀的二十三个单位颁奖,来自全县各乡镇、各单位的广大干部职工和群众近千人观看了演出,县电影院座无虚席。

晚会上,来自全县各单位职工、学校师生、各界群众共三百多名参演者,表演了舞蹈、歌曲、戏剧、小品、流行街舞等各类文艺节目。矜持高雅的旗袍绣,热烈狂放的街舞,蕴含哲理的警示小品……可谓百花齐放,异彩纷呈。整台晚会紧张有序,高潮迭起,掌声不绝,为群众带来了一场精神文化的盛宴。

在观赏这些文艺节目的过程中,我和现场的观众一样,怀着激动的心情,兴高采烈地为精彩的文艺表演叫好,为获奖单位鼓掌祝贺。真心为县委、县政府主办的"喜迎十九大,放歌中国梦"广场文化系列活动感到高兴。然而,晚会上一个大部分人都没有注意到的一个细节,却让我觉得心里感到不能平静。我不停地问自己:怎么会这样?晚会的组织者、排练者怎么能如此粗心大意,不懂得尊重别人的劳动成果呢?

几天过去了,我的心情已渐渐平复,对这件事也已释怀。但是我觉得还是说出来为好,至少可以提醒相关人员以及我县的文艺演出者,以后不能再发生这样的事情了。在我们大力建设社会主义民主与法治国家的今天,个人权利受到伤害,事情虽小,但是如果不能得到及时的纠正,也许就会有更多的、更大的不良后果继续发生。

事情是这样的:晚会上有一个小品节目,名字叫做《村长买房》,故事说的是一个村长准备在县城买房,因为手头资金不足,就想挪用上级下拨的扶贫款临时救急,后来在上政法大学的女儿的劝导和教育下,认识到了这是违法犯罪的事,作为党员干部不能这样做,最后悬崖勒马,放弃了这一举动。通过这样一个虚构的故事,对党员领导干部进行法治教育,对于当前的扶贫攻坚工作及党风廉政建设,也是一个很好的宣传。受伊川县人民检察院委托,这个小品于去年创作完成,并由伊川县曲剧团排练演出,与我的扶贫警示长诗《女检察官下乡扶贫》同时在县电视台录像,报送洛阳市人民检察院参加廉政警示教育文艺节目评奖,其中长诗获得市二等奖。

这个小品在今年十月十三日的颁奖晚会上公开演出,是我预先不知道的。小品演出后,受到了现场观众的欢迎和好评,我也感到十分开心和欣慰。但是,不管是在节目字幕上,还是在主持人的口头解说上,只说明了演出单位和主要演职人员的名字,而没有提及小品作者的只言片语。

而这个小品的作者,正是我。

看到自己创作的小品在晚会上演出,我当然是十分欣慰的。可是,为什么在字幕上只打出演出单位和主要演职人员的名单，而不提到作者的名字呢？晚会主持人，在报节目的时候，对作者的名字也只字未提。当时我就觉得十分的委屈，一个作家的著作权及其相关的署名权，在我们国家是受到严格保护的。文艺作品在演出的时候，应当以适当的方式展示作者名字，这本是天经地义的，可是这次晚会却出现了这样的情况，实在是出乎我的意料之外，让我感到遭受到了不公正的待遇。

也许有人会说，县里举办的一台晚会，那么多文艺节目，不一定都要说明创作者的名字吧？要知道，对于那些已经流传久远的文艺作品，也许是这样。例如，晚会上有人演唱了《谁不说俺家乡好》这首脍炙人口的经典歌曲，这首歌是1961年拍摄的电影《红日》的插曲，由吕其明、杨庶正、肖衍作词作曲。演出之前，如果主持人在报节目的同时，做出说明，也不多余，即便不说，也没有大错。且不说著作权的保护有一个时间期限的问题，即便还在保护期限内，因为这样的作品早已家喻户晓，如无特别情况，不做说明也不为过。但是，对于我这样一个在本地工作、本地生活的本土作者，这个小品还是第一次公开演出，难道不应该专门说明一下吗？同样是两位本土作者创作的另外一首歌曲，不仅在字幕上打出了作词作曲者的名字，主持人还专门点出，说这首歌由我县某某作词、某某作曲，并说伊川县人杰地灵，人才辈出，出了这样两位优秀的人才，这点就做得非常好。可是，相比之下，同是本土的文艺作者，同是原创作品，为什么会有不一样的待遇和结果呢？

但愿，这是晚会举办者和节目排练者的一时疏忽，我也不认为这是有人故意扬此抑彼。只希望说出我心里的想法，引起相关人员的注意，以杜绝此类事件的再次发生。

电视机，绚丽我的梦想

2016年7月，国内某知名电视机集团总部在全国范围内隆重举行"成立35周年全国征文大赛"，得到这个消息后，我想写一篇文章参与评奖。

晚上，躺在床上，我的目光落在床头笨重的21寸彩电上。这个彩电是结婚时买的，原来放在客厅，五年前客厅换成了薄屏液晶的35寸彩电，这个老式的就放在了卧室，虽然已经用了二十年了，但是没出过一点毛病，依然很耐看。

我的目光投向窗外，望着满天星光，陷入了深深的沉思，想起了那个与电视结缘的童年……

我出生在黄河古道边的一个小山村，是一个地地道道的农村女娃。童年时期，我的父亲在村小学做民办教师，母亲在家务农，我还有一个哥哥和一个妹妹。那时候农村条件很不好，道路都是土路，"晴天一身土，雨天一身泥。"人们过着"日出而作，日落而息"的生活，晚上点的是煤油灯，更不知道电视是什么东西，家里唯一的电器是手电筒。

我的父亲是一位严父,他对子女要求很严格。父亲天资聪颖,但因为家庭原因没有上大学,他把希望都寄托在了子女身上,要求我多读书,勤奋学习,自幼对我的教育都带有着传统文学色彩,他经常让我读唐诗宋词、名人诗集,这些精神食粮就像阳光雨露一样滋润着我的成长,我在父亲日日的文化熏陶中,汲取着文学的滋养。我的母亲是聪慧能干的,也是极富有善心,邻里关系都相处得很好。自打小时候起,母亲就会以事例苦口婆心地给我讲做人处事的道理。在母亲的影响下,我明白了什么是对,什么是错。又该怎么为人,怎么处事,怎么才能上进。母亲以身作则,给少年的我树立了东方传统女性的好形象。而今的我,恰似我母亲那般性情,温婉、亲切、和善。

村子附近的一个国营厂俱乐部买了一台黑白电视,我经常去看。再后来,邻居家买了一台彩电,我看电视更方便了。父母对我的传统文学色彩教育,加上看电视目睹到广阔世界的不同色彩,催生了我旖旎的真挚情感,撞击着我内心深处的柔情和感动。那些曲折缠绵的剧情,犹如春雨绵绵,于无形之中滋润着我幼小的心田,沐浴着我纯真无邪的少女情怀。

对此,我很感恩我的父母亲,因为他们没有像其他家长那样,因为害怕看电视耽误孩子学习,而对年少的我横加干涉。

随着视野的开阔,知识的增加,我渐渐懂得了文字的花,绽放在广阔的大自然怀抱里,只有"走出四角的天空",才能嗅到花儿的芬芳。由此也培养了我的语言表达能力和爱好写作文的兴趣。每当看完电视,我脑袋里满是想象的空间,梦里也是电视剧情的延续。也就是从那时起,我一颗稚嫩的童心,踏进了文学的岁月里。记得小学三年级时,有一天晚上看完电视动画片《孔融让梨》后,我拿着一个桃子,一切两半,一半是红色的,一半是淡淡的,忽然我就吟出了一首现在看来非常稚嫩的诗歌:"轻轻地把桃子切开 / 递给外婆 / 趴在外婆耳边说 / 淡淡的是外婆 /

趴在妈妈耳边说／殷红的妈妈。"我一边吟诗，一边把红色的一半递给妈妈，把淡淡的一半递给外婆。在我幼小的心灵里，当时年轻美丽的母亲就像那一半嫣红的桃子，而沧桑年迈的外婆就像那一半淡淡的桃子。在一个天真的孩子眼里，生活被赋予了诗意，令人觉得生命是美好的，世界是美好的。从那以后，我一路且行且吟，一直走到今天。一棵稚嫩的文学种子，在乡村的沃土中慢慢发芽。

因为对电视的喜爱，那时，我最大的奢望，就是努力学习，考上大学，将来为家里买一台彩电。

也正是在这种动力驱使下，我学习非常刻苦，终于考上了师范学校，毕业后成为一名光荣的人民教师。

也是源于彩电的启迪和自幼对文学的热爱，在繁忙的工作之余，我笔耕不辍，不断在各级报刊杂志发表诗文，陆续出版五部作品集并获得各种奖项，在县里有了一定的影响。2015年，我被调到县文化研究院，从事专门的文字创作与编排工作，呈现在我面前的，是一条更加宽阔的阳光大道……

躺在床上，这样想着，一篇文章在我心中渐渐理出了头绪：是啊，我今天所获得的这些文学成就，不正缘于我的初心吗？那么，文章的题目就叫《我的初心》吧！

想到这里，我翻身下床，坐在电脑前，一气呵成，写了一篇近两千字的散文《我的初心》。

文章完稿后，我发到了大赛组委会邮箱。一周后被评选为优秀稿件，在平台展出。仅仅几天，点击量就接近两千，好评如潮。这个集团公司是有名的大集团，全国共有一千五百九十五篇稿子参赛，总部选出四十篇优秀稿件，进入网上投票程序。对于网上投票，我一向不太热衷，所以开始并不是太积极。有亲友在网上看到了投票的消息后，自发组织起来，热情地相互转发、拉票，浪潮波及全国各地。短短一周时间，竟投了近两万票，荣获人气王亚军。这一点，确实让我感到意外，因而感动之中备受鼓舞。可以说，这次获奖，离不开全国各地网友和家乡亲友们对我的支持和深切关爱。我暗暗下定决心，今后一定更加努力，多出佳作，以回报长期支持我的朋友们。

投票结束的第二天晚上要举行颁奖大会，由于时间紧路程远，我不能亲临颁奖现场，这成为我的一个遗憾。但是从集团动态发布的图片中，我能感受到现场气氛的隆重和热烈。

县委宣传部得知我获奖的消息后，专门写了一则新闻，刊发在伊川新闻微信平台，此消息点击率达到四千多，还被全国二十多家网站转发，这次征文在全国影响极大。

没多久，我就先后收到了两件奖品，一个扫地机器人和一台空调。机器人深得儿子喜爱，他把它当成玩具宝贝，每天放学回家就拿着遥控器操作，既把地扫干净了，还让他体会到了劳动的快乐。机器人电用完了，会自己跑到充电器前去充电，真神奇，为我节省了不少力气和时间呢！空调安装在女儿房间，打了本地的集团售后服务电话后，两位工作人员马上到家里进行了免费安装。一试，真好，还是冷暖两用空调呢！早就盼望自己房间能有一台空调的女儿，看到我发给她的微信图片后，惊喜地叫起来："啊，太棒了！妈妈，你真了不起！"

电视机，永远绚丽着我的梦想。

又是玉米飘香时

那天去乡下亲戚家,路过田野。

田地里,绿油油的一片青纱帐。楚楚动人的玉米株,摇曳生姿,随着微风,裙摆飞扬,飘荡出一阵阵哗啦啦欢快的笑声。这种丰收在望的场景是多么熟悉啊!

闻着玉米清香,望着又高又深的玉米地,我仿佛听到儿时掰玉米的唰唰声,它唤醒了我心底深处关于玉米的许多记忆……

儿时,家乡还没有退耕还林,四周的田地里都种着玉米,一般一年种两季,一季种玉米,一季种小麦,玉米和麦子是家乡人钟的最主要的庄稼。麦子是细粮,玉米是粗粮。

种收玉米的场景,在家乡,是那样记忆深刻,充满了忙碌和喜悦的场景。

立夏之后,随着天气一天天的暖和,麦苗也蓬蓬勃勃地长高起来,渐渐抽出穗,长出麦芒,从碧绿变成深绿,透出了金黄的色彩。在那绿色彻底被金色取代之前,家乡人就忙碌起来,开始准备着在麦子中间,套播玉米了。手拿一个人工播种器，这种器具是长杆铁器，杆中间是空心的，下边有一个尖锐的利器。把利器插入土中，从上方放进去四五颗玉米，种子便可以直接滑到土里种下了。沿着麦行，小心地向前移动半米，再播种另一窝种子。山坡上，种玉米的人们穿着花花绿绿衣服，和青黄的麦浪相映衬，那景象很是壮观。播种后如果能下一场雨，玉米幼苗很快就可以长出来了。一窝长出三四个探头探脑的绿芽芽，两瓣两瓣的，挤在麦茬旁边窃窃私语，一点点绿得旺盛，充满生机。

六月，麦子熟了，到了收割的季节。那时候没有收割机，人们还都是手工割麦子。于是，那金灿灿的麦子前，是一排热火朝天收割麦子的人。这时候割麦子，要小心翼翼，防止踩倒玉米棵。即使如此，麦子收割完之后，有的玉米棵还是会被压得东倒西歪一片狼藉。但是两三天以后，便又立刻恢复盎然生机了。

小麦收完后，要给玉米"剔苗"。一窝四五棵的，往往只留下最健壮的那一棵，其余的全拔掉。之后便在玉米行距之间套种大豆，上化肥、拔草，玉米苗便像雨后春笋般生机勃勃地长大长高起来。

七月份，玉米棵长得有一人多高了，顶部开始扬花，在腰间打一两个结，挂上包着绿皮的玉米棒，头上还长着棕色的须子，此后很快就可以吃"嫩玉米"了——在玉米颗粒还是软嫩的时候，把玉米棒子煮了或者在火上烧了吃，味道特别鲜美。或者把一个个嫩玉米籽儿剥下来，在锅里炒了，拌上调料盐分，那香嫩鲜美的味道至今还留在唇齿之间，想起来垂涎欲滴。在孩子们品味嫩玉米那种美味的时候，大人们还会不失时机地给他们讲粮食来之不易，让孩子背《悯农》古诗，给他们讲诗的意思。让孩子们从小就知道爱惜粮食，懂得幸福的生活是靠汗水与双手创造出来的，懂得勤劳创造美好，鼓励他们通过努力去实现内心里对美好生活的渴望。

中秋节前后，玉米叶子不再像以往那样青翠欲滴，开始变得发黄了，米粒变得坚硬了，便进入了成熟期。人们开始忙着掰玉米。开掰的那天，大人会嘱咐孩子们穿长袖衣裤，因为玉米叶子扫了皮肤会起红条子，红红的，一道、一道的，一着水特别疼。一大早踩着秋露，踏着晨霭，揉着酸涩的眼，跟着父母出工了。呼啦啦钻进比人高得多的玉米地里，从玉米棵上把玉米向下一掰，棒子就和玉米株分离了，随手往前面的玉米地里一扔。附近掰下的玉米也都扔到这一块，很快便堆起了一堆。等玉米掰完后，妇女、儿童，和力气比较柔弱的，就负责往麻包里装玉米，那些男的，力气好的，就负责把玉米往架子车上扛。如果时间还早，会把玉米株用镰刀，从地面处杀倒，在地头堆放起来。或者把玉米行间套种的成熟的大豆割了，放在一车玉米上面拉回家。装车也要技巧，必须前面重点，后面轻点，要不就会发生扬车现象了，会把车夫架起来。车装完后，如果车装得不平衡，前轻后重，就把年龄小的孩子放在车顶上"压把"，由家里最强壮的劳力当车夫掌把，其他人在车后推着，开始往村庄里赶。之字形路上，一辆接着一辆，都是人工架子车，偶尔有一辆牛车走过去，车旁跟着吆喝的牛把子。金色的夕阳下，男女老少的脸上都挂满丰收的喜悦。虽然已是金秋，脸上的汗水依然像小河一样汩汩流淌下来。

  各家的玉米收回来，堆放在屋里，心就安了，不用为下雨进不到地里，道路泥泞拉不成车子而操心了。全家出动，在屋子剥玉米衣，把大部分包衣剥下来，留下最后一层，在玉米头上揪起来当绳子，把两个玉米扎在一起，然后在房檐下、院子里，架成冒尖的金黄的玉米垛，当作小粮仓保存下来。架玉米垛也得讲技术，一层一层向上垛起，转圈的都是玉米穗朝外，风刮不倒，雨流不进，真是巧夺天工的匠人。金黄的玉米棒子，颗颗粒粒像金黄的珍珠，排得整整齐齐，煞是诱人。那些脱光衣服浑身光溜溜的玉米棒子，就在太阳好的天气里拿出来，摆放在各自的场院里晒。晒干了，就开始进行脱粒。那时候没有机器，全靠人工一粒粒剥下来。先用锥子在玉米棒中间冲开一条缝，然后就好剥多了，还可以用已脱完玉米粒的棒骨帮衬着剥。剥下来的玉米粒装袋背到场地上、平方顶，晒干了收入粮仓，玉米棒骨堆在柴棚里，入冬是最好的烤火原料。头上的天，瓦蓝瓦蓝的，四周的群山，苍茫、苍茫的，村庄在金黄的怀抱里，土墙青瓦的房屋，格外幽静。小河的水很清澈，映着金黄的秋景，在哗哗流淌。玉米丰收的场景，就成了村子里最美丽的风景，给秋季的村庄，带去了生机与活力，连梦里都是一片金黄。

籽粒饱满的玉米，晒干可以磨成玉米面，打成玉米糁。那时的村庄里，没有磨面机器，要把玉米背到几里外的一条小街道上去磨，有的就用自己的石磨磨面。磨得粗一点的是玉米糁，磨得细一点的是玉米面。人们在品味着玉米粥、黄面窝头、黄面拌蒸菜的时候，总能感受到一种苦尽甘来的甜蜜与幸福……

记得小时候，我的伯母曾经给我做过一种很特别的玉米面吃食。七十年代的时候，很多人还经常挨饿。我放学回到家里，不到吃饭的时候，经常饿的肚子咕咕叫。可是家里又没有什么可吃的东西。我的伯母那个时候已经六十多岁了，头发也白了，还是小脚。在我的记忆里，她一直就是个农村老婆婆的样子。记得好几次，家里其他人都去地里干活没有回来，只有伯母一个老太婆在家。她问我饿不饿，我总是回答快饿死了呀。她说：我给你做吃的，又快又好吃，一会儿就让你吃饱不饥。于是，她从瓦罐里挖出一点玉米面，盛在碗里，放点盐，拿少量水搅拌一下，拌成大大小小的面疙瘩，酥拉拉的，半软不硬的，然后生火在锅里炒。说是炒，其实有时候没有一点油，即便放油也是很少、很少的。就那么干炒，拿饭铲来回翻，轻轻搅拌着，不大一会儿，就炒熟了，外焦里嫩，冒着香气儿，盛在碗里，给我吃。我的伯母把这种吃法叫炒黄面疙瘩儿。因为在我们这里，玉米面就叫黄面，不管是白玉米，还是黄玉米，磨出来的面都叫黄面。只有小麦面才叫白面。在我的回忆里，伯母给我做的炒黄面疙瘩儿，是那么甜香可口，虽然进到嘴里，感觉涩拉拉的。长大之后，我再也没有吃过这种炒黄面疙瘩儿。现在回想起来，嘴里还会忍不住要流出口水的样子。

如今，家乡退耕还林，田间地头都种上了大片的杨树林。人们苦尽甘来，不用辛苦种田，就能享受到上级的补贴，可是也再不能体会到以往种玉米的场景了，这让我倍加思念起有关玉米的记忆。那样的生活，记录着那些年家乡曾有过的沧桑与繁华，记载着家乡人抵御生活艰辛的温暖，铭刻着家乡人曾经辛苦的劳作，也承载着家乡人对美好梦想的期盼。

崛起中的小镇

伊川的杜康酒香飘全国，伊川的圣贤文化闻名四方，如今，青铜小镇成为伊川一张最亮丽的名片。

烟云涧青铜古镇地处八百里伏牛山下，位于伊川、汝阳交界处，康水、明水环绕，莲花山拱护，杜康河穿镇而过，古井老宅，故道石桥，是一个有八百多户人家、三千多口人的风水宝地。这里绿树葱茏、水流潺潺、烟云笼罩、祥光普照。这个古镇近年来声名远扬，因为几乎家家户户都有一样绝活，那便是创造了青铜器传奇。据说曾有人带着烟云涧生产的青铜器出国被专家认定为文物而名噪一时。他们生产的复古青铜器是省非物质文化遗产，不但在国内享有盛誉，而且远销香港澳门海外地区及世界各地，因而该古镇被称为"中华复仿青铜器第一古镇"。

绿树掩映之中，清清的康水环绕之中，一座恢弘而古色古香的建筑就是烟云涧青铜博物馆了。馆前康水从古流到今，静静地守候着这一片热土。进入博物馆，正门口的一座高大的"中国尊"非常引人注目。我走上前去细细观赏：它的口部为喇叭圆，外部有四道大飞棱，飞棱上装饰有凤鸟造型，口沿下饰有龙、鲵龙造型。尊体有卷角饕餮造型。主体为圆，圆口朝天，寓意纳福自天。四道大飞棱连接线呈正方形，寓意华夏大地，四方平安。听翟智高先生介绍说，中国尊是以西周青铜器何尊为原型设计制作而成的。在中国尊的后面底座上，我看到了这样一段铭文："盘古开天，繁衍五洋。宅此中国，华夏名扬。自强不息，历经沧桑。礼乐传世，德厚安邦。喜看今朝，雄居东方。一带一路，伟业开创。福自天来，世界共享。作尊以志，永载典章。"短短六十四个字，记载了当今开创"一带一路"的世纪伟业，赞颂了中华民族上下五千年厚重文化。

馆内有大大小小很多青铜鼎，有洛阳鼎、四足方鼎、三足圆鼎……纹饰规整舒展，刀工干净利索，鼎身刻有极具装饰和图案效果的图像，设计颇具想象力，寓意美好而深远。自古以来，鼎便与洛阳结下了不解之缘，史书上也就有了楚庄王问鼎、齐宣王求鼎、秦武王举鼎、秦昭王迁鼎等一系列与"鼎"有关的故事，进而延伸出"问鼎中原""一言九鼎""三足鼎立"等成语。据传商朝初期，伊川一个叫伊尹的人，被成汤请去，伊尹用鼎烹调出不同的美味佳肴，说鼎中的滋味变化，只能意会而难以言传，但使用什么原料要预先准备好，并要有精熟的调配技艺手段，并由此联系到治国的方略大计。于是成汤聘伊尹为宰相，在伊尹的辅佐下，成汤打败了夏桀，建立了商王朝。代表王权的九鼎迁于商。后世把伊尹用鼎调滋味联系治国方略，称为"调鼎术"，把善于策划，谋略，计划，筹划和善于管理者称为"调鼎"者。伊尹被尊为烹饪鼻祖、第一名相。

馆内的曾侯乙编钟发出了响亮悦耳的声音，引我陷入了沉思，想起了发生在伊川大地的一件震撼华夏大地的大事：2015年12月，洛阳文物考古工作者，在伊川徐阳一带发现春秋陆浑戎墓葬。发掘出土的铜编钟，比"稀世之宝"曾侯乙编钟要早两百多年。徐阳距青铜之乡烟云涧仅有十多公里的距离，且同位于古丝绸之路"秦楚古道"上。让人怎能不为烟云涧深厚悠久的历史文化底蕴而惊叹不已呢？中华古文明源远流长，河洛文化是源头，身为河洛人，又怎能不为之感到骄傲呢？

在烟云涧青铜器电商总部，迎面墙上巨大的横幅标语"烟云涧青铜器从这里走向世界"映入眼帘，让我感触颇深。是啊，如今互联网时代，国家大力推行"大众创业、万众创新"，勤劳智慧的烟云涧人，以微妙传神、栩栩如生的复古青铜器形象，借助互联网的翅膀，正飞遍世界的角角落落，再现曾被沉淀了的故事，闪烁出中国青铜器的煜煜神采。

工艺车间里，两名女工正在精雕细刻，制作青铜鼎，是那样的认真，表情是那样的凝重。我猛然发现，女工的皮肤和手中的青铜鼎色泽是如此相似，我想：不正是穿越千年时光的青铜器，给了她古铜色的肌肤、铮铮的铁骨和巍然屹立的脊梁吗？而她，不正是勤劳智慧的烟云涧人的一分子吗？在别人看来最不起眼的烟云涧古镇泥巴，创造了古今青铜文化的传奇啊！是啊，这里的山山水水，都蕴含着天地之灵气，日月之精华，在历史的长河里熠熠生辉，闪闪发光。

铸造车间门口，讲解员指着一个大青铜鼎身上神秘的图文告诉大家：这就是"河出图洛出书"，又叫"河图洛书"，是关于中国古代文明的著名传说。据说六七千年前，龙马跃出黄河，身负河图；神龟浮出洛水，背呈洛书。伏羲根据河图洛书绘制了八卦。之后大禹治水，河伯献河图，宓妃献洛书，使得大禹终于战胜了洪水。天地间自有玄机啊！

烟云涧青铜器已有五千年的历史。因为地处千年丝绸古道"秦楚古道"要冲，加之风光秀美，早在夏商周时期，这里就是王室用青铜礼器祭祀天神的宝地。烟云涧苔痕斑驳的青石龙溪古桥上，留下了记录历史印痕的深深车辙。古往今来，千年丝绸古道上，走过了无数马队和骆驼队，烟云涧的青铜器，也随之走到海角天涯。古镇附近出土的古代青铜鼎、青铜爵、青铜车等，佐证着烟云涧作为华夏青铜文化源头的历史印记。

沧海桑田，风云变幻。如今的烟云涧古镇，人人都是能工巧匠，个个都是工艺大师，仿古而不泥古，求新而不固新，他们把青铜文化融入时代的脉搏，扬起澎湃的浪花，重现了"炉火映天地、红星透紫烟"的壮观场景。古老的镇子创造了致富的神话，如今这里的姑娘都不愿嫁到外村去，情愿和父兄守着乡土，"留住历史根脉，传承中华文明"。这一点值得现代人深思。是的，很多人都习惯了向外寻觅，在都市的纷繁中迷失了方向，而忽略了灵魂深处故土的天空。古镇烟云涧人，不艳羡外面五彩斑斓的世界，在那片最本真的土地上，创造了生命的价值和辉煌，给虚妄的现实一次救赎。

目前，烟云涧村正在政府主导下建设青铜特色小镇，不久的将来，这里将打造成一座集研、产、销、游、购、娱于一体的全国闻名的青铜小镇。烟云涧青铜器，在神奇的伊水之滨，谱写着一曲辉煌大气的华美乐章。让我们拭目以待！

第四辑　今生有缘

玉石情缘

张爱玲说，女人一生中有两样东西是最该收藏的，其中之一就是玉镯。

这几年，随着年龄的增长，我越来越喜欢玉石了。也便有了一个感觉，觉得自己就像一块开琢的璞玉，经过时光的细细打磨，正在逐渐变得晶莹而圆熟。

先是托朋友在云南买了一个白玉手镯，它圆润剔透，细润光洁，仿佛浸着水一样，水润且有光泽，中间偶尔舞起墨绿花絮，散发出一阵若有若无的灵气。我一看到它就喜欢上了，立刻戴在了手上，自此不离不弃。先是戴在左手上，后来听说右手经常干活，戴玉镯可以疏通穴位，让手变得更灵巧，于是就换成戴右手了。初戴玉镯时，感觉丝丝清凉扣入心扉，沁入心脾。渐渐地，它随着我的体温转变，温润地熨贴在手腕的肌肤上。即使是火热的盛夏，也总感觉手腕处贴着一袭清凉，让我的心，始终保持着一种淡定和凉爽。

有了戴玉镯的美好感觉，我对玉的喜爱更是一发不可收拾，从此玉不离身。便又想拥有一个玉戒指。我找了很多首饰店，这才知道玉镯、玉坠有很多，但真正的玉戒指少之又少。但我还是不改初心，经常留意玉首饰。终于，前几年在洛阳市区一家玉店，找到了自己喜欢的玉戒指，红色的，但不是那种哗众取宠的猩红色，显得尤为质朴隽永，温柔雅致。戴在中指上宽松适度，盈盈款款，自我感觉举手投足间增添风情无限。

后来，我又想拥有一块胸挂玉佩。那年春天，我打听到了一个玉石公司，直接找过去，挑选了一块自己满意的墨玉，找人精心打磨制作成玉麒麟戴在脖子上。这块墨玉表面看起来是墨黑色，但是如果用灯光穿透，可以看到它是洁净无瑕的翡翠绿，让人唏嘘不已。挂在胸前的它，柔和而清美，细腻而温润，流淌出软玉温香的气息，丝丝缭绕，清凉沁心，日日夜夜浸润着我，让我的灵魂也变得干净而澄澈。

玉是有灵性的。天长日久的厮守，玉镯、玉佩和玉戒指亦宛如我身体的一部分。他们与我贴身相随，不仅是一种俏丽的陪伴，也是一份细心的呵护，永恒而温暖，让我多了一份优雅，添了一份妩媚，从而更加知性恬淡。

今年夏天，知道我喜欢玉的彩虹姐姐，用她收藏的玉石打制了一串精美的手链送给我，跟我的红色玉戒指颜色一模一样，就像一对孪生玉石姐妹，让我欣喜无比，爱不释手。玉石手串，宛如神龙绕腕，柔美清灵；亦如清风徐徐，吹进心中，让我更显一份淡雅从容。玉石手串，串起悠悠姐妹情，于皓腕间缠缠绵绵，环环绕绕，起承婉转，见证了友情的珍贵和温暖，纯净中有温馨，平淡中有绵长。

皎月酥香手，闲来拈花草。莹莹玉石，一缕香魂。我与玉石，今生有缘，共渡年华……

悠悠伊河情

我是伊河的女儿，伊河是我生命的河流。我的童年是在伊河边长大的，童年的记忆也是纤尘不染的。

记忆中，伊河边垂柳丝丝，水草丰美，溪流清清，稻田纵横。每当水稻成熟的金秋时节，甜淡的稻花香里，"稻花香里说丰年，听取蛙声一片"的意境感同身受。

有了伊河，整个村子就有了灵气，有了诗意。那时，伊河宁静、饱满而清澈。春天，满树的柳絮，飘着一股甜丝丝的香。那种香也会随风飘到伊河对岸，于是河里流淌的水也是香的。这时候，我和伙伴们最喜欢做的事情，就是挖伊河岸边的茅草根来吃。挖出来的茅草根，一节一节的，又白又嫩，拿到伊河里洗干净了，吃起来甜滋滋的，又生津又解渴，我的心情也随之甜丝丝地飞扬起来。

夏天的中午，我和伙伴们挎个竹篮，拿个水盆和编织袋，到伊河边捉鱼虾。放下盆子，用竹篮子在伊河绿油油的水草里捞着，每一次都能捞上来很多活蹦乱跳的鱼虾。把水草和其它杂物扔掉，把鱼虾小心地放到水盆里。只需半天工夫，就能捞到大半盆。小伙伴们围起来欣赏着这些"战利品"，一个个心里乐开了花。鱼虾捞得差不多了，就开始挖河蚌、捉螃蟹。顺着河蚌划过的印痕，在消失处有一圆形小涡，用手指往下一挖，河蚌就带着泥巴跟着出来了。螃蟹则大部分藏在石头下面，也有的在岸边水草里的泥洞里栖身。翻开石头，会看到螃蟹挥舞着两个大钳子张牙舞爪地横跑出来，一把抓住它坚硬的背甲，放进编织袋。而从洞里掏螃蟹，却是富有冒险性的。记得有一次，我隐约看到一个绿草覆盖的洞里卧着一只"大螃蟹"，伸手掏出来一看，吓得我魂飞魄散。原来那是一只一身疙瘩、模样丑陋不堪的癞蛤蟆。从那以后我再也不敢去泥洞里掏螃蟹了。

夜里，月亮升起来了，晚风在低低地吟唱。月光洒向波光潺潺的伊河，给她披上一层朦胧的白纱，增添了一种神秘的美。稻田传来声声蛙鸣，蛙儿"呱呱呱"地放声歌唱，小蟋蟀"吱吱吱"地拉着小提琴……还有一些叫不上名字的虫儿，一起合奏着一曲天籁之音。水田里，草丛上，一只只萤火虫提着绿莹莹的小灯笼，穿梭着，萦绕着，就像置身于童话世界。我和小伙伴们拿着空罐头瓶子，去捉萤火虫。把萤火虫带回家，模仿车胤囊萤夜读，却怎么也看不清书上的字，就想肯定是萤火虫太少不够亮，明晚再去捉……有萤火虫的夜晚，我把这些小精灵放在枕头边，看着那闪烁的荧光，甜甜地进入梦乡，梦里便有了满天闪烁的星光。伊河边的萤火虫，照亮了我的童年！

童年的伊河是清澈明亮而美丽妖娆的。伊河边青草葱郁，我经常去割草、放牛。背上草篓子，一手牵牛，一手拿书，来到伊河边。把牛放在草地上吃草，开始割草，割满一篓子后，就看书。伊河边的沙滩上有大片西瓜地，还有一个很大的苹果园，饿了、渴了，我就跑进园子里，摘个西瓜或苹果吃，看园子的老爷爷笑眯眯的，临走时还会给我再塞上几个苹果。伊河边的柳荫下，我读了《岳飞传》《杨家将》《三国演义》

《红楼梦》《水浒传》《西游记》等等名著,看了大仲马的《三个火枪手》和小仲马的《茶花女》,懂得了大小仲马是父子作家。清清伊河水,潺潺的足音引领我步入诗的梦园,见证了我的书香童年,牵动着我奔涌不息的诗意。伊河,缓缓流淌,滋养和浇铸我身心的每一个细胞与基因;伊河,明亮的眼眸,擦亮少女湛蓝的心空。伊河清清,青草依依,花香阵阵,书香绵绵。我沉浸在书里,那些书香里的王子和公主,英雄和骑士,他们的时光不老,引起我无数的遐思和向往。无数次,扎羊角辫的小女孩,放下书本,伸手摘下一片柳叶,放在嘴边,吹出声声婉转的笛音,放飞无数七彩的梦想……伊河,伴我度过了童年时光,镌刻了我的身体发育和心灵成长。

伊河是家乡的母亲河,源源不断地滋养着我和我的家乡人,对我家更是有大恩大德。记得母亲刚生完妹妹那年,由于缺乏营养,浑身浮肿,脸部肿得眼睛都眯成了一条缝,家里没钱医治,病情越来越严重。后来父亲在伊河里捉到了一条大草鱼,回家炖给母亲吃了,母亲的浮肿病很快就好了。所以至今母亲还经常念叨说,是伊河救了她一命。

伊河有时也会突发脾气。大约是我七八岁那年夏天,连续多日大雨连绵,伊河上游决堤,河水暴涨,家乡遭到了百年不遇的洪灾。伊河两岸成了一片汪洋,浑浊的河水中漂浮着上游冲下来的树木、破损的家具、淹死的家禽家畜……人们恐慌万状,伊河边的住户纷纷到亲戚家避难。大水过后,伊河边一片狼藉,带给我美好记忆的果园不复存在,十里飘香的稻田一去不返,柳树、果树被连根拔起,河堤被冲毁,树枝上挂着各色塑料制品、破旧的衣物,河湾里堆积着各种漂浮物,弥漫着难闻的味道。伊河失去了往日的多姿多彩,没有了记忆中童话般的色彩。

花开花落,沧海桑田。转眼间,我已从当年的小女孩进入了不惑之年。三十年时光荏苒,我的心跳始终和伊河的粼粼波光起伏共鸣着。我守望着伊河,从不曾远离伊河。伊河,给予我生命,赋予我灵魂,哺育我成长，使我诗情愈发蓬勃旺盛。

面向伊河，春暖花开。近年来，有关部门非常重视伊河改造，筹巨资建设国家级伊河湿地公园。虽然记忆中十里稻花飘香的风光不复再现，但是，现代化的伊河美景，波光倒影，亭台楼榭，花木峥嵘，莺歌燕舞，也是一种无与伦比的美丽。

伊河，紧跟时代，走进了别开生面的艳阳天！

夜遇牡丹仙子记

又是一年芳草绿，春城无处不飞花。四月的洛阳，牡丹花开如云，游人潮流似海，一片太平盛世万民同乐的升平景象。

夜晚，月光下，我坐在牡丹花丛前，久久不愿离去，嗅着络绎不绝的王者花香，不知不觉心醉神怡。

忽然，远处传来女孩子们银铃般的笑声。

我被姑娘们的笑声所吸引，沿着牡丹花丛之中的幽径，向着发出笑声的地方走过去。

前行不远，我看到牡丹仙子雕像前的空地上，有几位罗裙婆娑的姑娘正在嬉闹。借着明亮的月光，我打量着她们，只见她们穿着明唐时期的服饰，妩媚的笑靥，绰约的风姿，头上都戴着颜色各异的牡丹花，有醉人的火红，冷艳的素白，文雅的淡黄，贵气的雅紫，清新的芽绿，娇柔的粉红……真是一场视觉的盛宴，香魂遍地。一个个宛如步入凡尘的仙子，优雅而有气质。

看到我的到来，她们的笑声马上沉寂下来，好像知道我要到来似的。

一个身着粉裙、面若桃花、头上戴粉色牡丹的姑娘，用秋水般的眸子上下打量我一番，轻启朱唇，面带笑意说道："姐姐好，你是来参加洛阳牡丹杯表彰盛会的吧？"

我不觉万分惊喜，连忙答道："是、是、是，你是怎么知道的？"

她回道："你以为我们都是桃花园中人，不知有汉乃至魏晋呀？姐姐名叫芷兰，是一位女诗人，你们这些文人骚客啊，都喜欢游山玩水，喜欢风花雪月、闲情雅趣的，哪里有山水风月都蜂拥而来，还要写诗赋文。"我更加惊异说："妹妹连我的名字都知道啊？"她向上扬扬头："当然知道，我们都在等着和姐姐交朋友呢。"接着她回身叫那些姑娘们："大家快过来啊！"姑娘们一下子围了过来，她轻轻一笑，指着这些姑娘们一一向我介绍："我来给姐姐介绍一下这些姑娘们，这位风姿卓绝的姑娘叫豆绿，这位冰清玉洁的美女叫玉板白，这位冷艳高雅的美人叫蓝田玉，这位端庄秀美的娇娃叫黑花魁，这位飘逸洒脱的美人叫二乔，这位典雅恬静的美女叫姚黄，这位娇柔妩媚的女子是魏紫，这位血色婵娟是洛阳红……我叫赵粉。"

她的真诚一下拉近了我们之间的距离，让我对她们都有了一种似曾相识的感觉。于是我突发感慨："妹妹们，今晚，天上有皎洁的月光，能与你们这些美若天仙的姑娘们相识在这千年帝都，真是三生有幸。"

那位叫豆绿的姑娘忽闪着一双大眼睛，俏皮地问我："哎，芷兰姐，您是大诗人，您说自古以来文人骚客为什么都喜欢洛阳，喜欢牡丹呀？"

我想了一下，回答说："这个问题么，洛阳城是千年帝都，承载着悠久的历史厚重的文化，牡丹是花中之王，展现着仪态万方的王者气度，琴瑟和鸣弹奏出雍容华美的锦绣乐章，尤为让诗人诗兴大发，所以深得文人墨客的喜爱。"

不知哪位姑娘大声说："姐姐能背几句描写洛阳牡丹的古诗吗？"我点点头说："刘禹锡诗曰'唯有牡丹真国色，花开时节动京城'；欧阳修

129

诗曰'洛阳地脉花最宜,牡丹尤为天下奇';欧阳修诗云:'洛阳地脉花最宜,牡丹犹为天下奇';邵雍诗云'洛阳人惯见奇葩,桃李花开未当花。须是牡丹花盛发,满城方始乐无涯'等等。"

姑娘们都高兴地为我竖起大拇指,唯有二乔姑娘眉头微蹙,思考了一下说道:"牡丹应该还有另一种情愫,白居易诗曰:'惆怅阶前红牡丹,晚来只有两枝残',刘希夷曾发出千古慨叹:'年年岁岁花相似,岁岁年年人不同。'"

我看着她凝重的表情和伤神的样子,说道:"你们这些年轻女孩子啊,就是多愁善感,什么愁啊泪啊的,见落花而流泪,遇流水而伤心。"

姚黄姑娘回道:"不管是仙界、凡界都逃不出情啊债啊的,哪个不会遇到伤心不快的事?"

接下来,我开始在姑娘们的引导下参观牡丹花,姑娘们给我介绍了各种牡丹花的名字——赵粉,豆绿,玉板白,蓝田玉,黑花魁,二乔,姚黄,魏紫,洛阳红……奇怪,竟然与她们的名字一模一样,这让我的心中充满了疑问。很快,我的这种疑惑被姑娘们的热情湮没了,她们你一言我一语,热情地给我讲述了很多洛阳牡丹的来历和故事——

相传女皇武则天有一次想游览上苑,便专门宣诏上苑,"明朝游上苑,火急报春知。花须连夜发,莫待晓风吹。"当时正值寒冬,面对武则天甚为霸道的宣诏,"百花仙子"领命赶紧准备。第二天,武则天游览花园时,看到园内众花竞开,却独有一片花圃中不见花开。细问后得知是牡丹违命,武则天一怒之下便命人点火焚烧花木,并将牡丹从长安贬到洛阳。谁知,这些已烧成焦木的花枝竟开出艳丽的花朵,众花仙佩服不已,便尊牡丹为"百花之首"。"焦骨牡丹"因此得名,也就是今天的"洛阳红"。

讲到这个故事的时候,魏紫姑娘拉过身旁一位一身火红、雍容华贵的女子说:"姐姐,她就是洛阳红。"这位名叫"洛阳红"的姑娘对我莞尔一笑，轻施一礼。我看她了一眼，啊，好美的姑娘，一袭火红色拖地百水裙，裙摆一层淡薄如清雾泻绢纱，腰系一条金腰带，显得身段窈窕。黛眉轻点，樱桃唇瓣不染而赤，浑身散发散发着华贵的气息，美得不食人间烟火，美得到了极致。

接着，魏紫姑娘绣口微启说："姐，洛阳是一座中原大地黄河岸边史诗般的古都，是茫茫神州沧桑历史的纪念碑，所以司马光诗曰'若问古今兴废事，请君只看洛阳城'，洛阳山水风土的灵性和悠远厚重的文化成就了牡丹，牡丹和洛阳相结合是真正的珠联璧合！"

我入迷地聆听着姑娘们的讲述，一边听一边思索，从内心深处为洛阳感到骄傲，为牡丹感到自豪，情不自禁心旌摇荡。

月光下，凝视着这群貌若天仙的姑娘，我似乎有所忘情，深深地感动着爱怜着，心中不由升起许多的感慨，许多的缠绵，许多的眷恋。我想何不用我的手机留下她们的倩影，要个联系方式，以后也好再续前缘。我掏出手机，请姑娘们摆好姿势，拍下了一张张她们千姿百态的倩影。

赵粉姑娘说："姐姐，我们钦佩你的人品文品，所以选择今晚与您相遇相识，这也是我们之间的缘分。相见即是分手时，临别妹妹送你一句话：望姐姐做一个有品格有良心的诗人，方不枉上天赋予你的文情与才华。"

我连说好的好的，姐记住了。一边又低头去看手机里姑娘们的玉照，可抬头望时却不见了她们的身影。我好生奇怪，赶紧四下找寻，园林寂静，明月在天，哪里还有姑娘们的影子？我不由惆怅地叫着："赵粉，豆绿，玉板白，蓝田玉，黑花魁，二乔，姚黄，魏紫，洛阳红……妹妹们，你们在哪啊？"一边叫一边到处寻找，忽然脚下一滑，我一下子惊醒了。

睁开眼睛，我发现自己竟靠在牡丹花旁的长凳上睡着了，原来刚才是南柯一梦。牡丹园里依然静谧而安然，月光下，大片牡丹花开成一片繁华的锦天绣地。

此时，梦中和姑娘们一起漫步的情景历历在目，我慌忙拿起手机翻看相册，里面只有那些白天拍下的一张张绚烂多彩的牡丹花照片。

我不由心内惊诧，想起了"秋翁遇仙记"，难道刚刚我与牡丹仙子相遇了吗？梦中的一切历历在目，景犹在目，言犹在耳，人犹在心，久久不能忘怀。

是为记。

东方乐园

五月的一天，惠风和畅，艳阳高照。书法名家司马武当先生，驱车数百公里从省里归来，专程来到伊河岸边的新东方幼儿园，看望这里的孩子们。

此时，花甲之年的司马先生虽然风尘仆仆，但依然满面春风，神采奕奕，气质儒雅，平易近人。他迈着矫健的步伐，来到了正在游戏玩耍的孩子们中间。

这里是孩子们最迷恋的乐园，有很多好玩的玩具——钻山洞、迷宫、滑滑梯、沙坑等等，孩子们呼吸着山野的清风，充分亲近大自然，亲近松软而芬芳的泥土，自由自在地玩沙、玩泥、玩喜欢的玩具，让想象力插上飞翔的翅膀，在天空遨游。这一点，是其它幼儿园所不具备的。城市里，在寸土寸金的今天，钢筋水泥的堆砌已经取代了以往原生态的自然美，孩子们再也不能像我们小时候一样，在散发着泥土醇香的大自然里自由地嬉戏与玩耍。而新东方幼儿园，弥补了这些缺憾，从未曾遭受城市钢筋水泥的污染，生长在这里的孩子们很开心、快乐和幸福。一处小小乐园，降河环绕，柳丝飞扬，花草葳蕤，泥土醇香。风，飕飕地从不远处的山野吹来，携带着青草味，轻轻地拂过眉梢，掠过发尖，扬起发丝飘飘，舞起裙袂翩翩，撩起心波荡漾，让人心醉神怡，心旌摇曳。"善花者知性怡然"。这里的一花一草，一木一景，都是那么温情雅致，闻着遍地花香，总觉得吸引着世间的福祥纷至沓来。花花草草是一种温馨的氛围、一份好心情，乐在这份情趣，乐在这份性情。正如那一张张稚气可爱的笑脸，让人喜欢，让人心生疼爱，从而加以呵护和精心培育。

　　置身于这小小乐园之中，孩子们嗅着田野芬芳的气息，细细地数着野花的花瓣，聆听鸟语花开的声音。那数也数不清的花草精灵，那在大自然中尽情徜徉的蜜蜂、蝴蝶、蜗牛、金甲虫，那清澈的河水里自由自在地游弋的蝌蚪和鱼儿……它们都是孩子们最好的玩伴。在这里，天地之间布设了一方丰富多彩的童话乐园，孩子们和这些花花、草草、风物生灵之间彼此交换着各自的小小心思，自然的旋律和节奏，天籁般的风声和呼吸，给了孩童野性洒脱的情怀和无穷无尽的想象空间。孩子们尽情地融入其中，在草地上玩耍嬉戏，体验着大自然的神秘和乐趣，一颗颗童心得到了充分的显露，毫无拘束，毫无顾忌，随心随意，尽情尽心，童稚的欢声笑语，融入潺潺降河，汇入悠悠伊水，向远方荡漾开去。

　　司马先生在乐园中徜徉良久，流连忘返，他由衷地称赞说："这里真美啊，生长在这里的孩子们真幸福。"接下来先生来到幼儿园里，走到孩子们身边，饶有兴致地观看孩子们龙腾凤舞的舞蹈表演，欣赏孩子们惟妙惟肖的手工作品。孩子们看到和蔼可亲的先生，都高兴地叫着"爷爷好"，向先生围拢过来。先生开心得合不拢口，不断夸奖这里的孩子们颜值高，聪明可爱。他走到孩子们中间俯下身来，把脸贴近孩子们。先生紧挨着孩子们，笑容慈祥而温暖；孩子们簇拥着先生，一张张小脸儿花儿般格外灿烂。摄影师定格下了这温暖温馨的瞬间。先生准备离开的时候，孩子们都有点恋恋不舍。

当司马先生得知新东方幼儿园的老师们刚于四月下旬赴京参加了幼教培训时，他语重心长地说："一枝独秀不是春，万紫千红香满园。新东方这样重视教师培训，一定会结出香甜而丰硕的果实。"

司马先生深深爱上了故乡伊河岸边这个美丽而天然的乐园，他表示将在暑假时推荐新东方幼儿园加盟郑州某先进幼教集团。保持着自然原生态的新东方幼儿园与中原省会先进的管理经验相结合，两者相辅相承，必将琴瑟和鸣演奏出华美的七彩乐章。打造中原一流的幼儿教育，已蔚然成为学校极富特色的一大亮点和盛事。从此，这座散发着泥土香味的美丽乐园，将成为绽放在河洛锦绣天地间的一枝奇葩。

守望的天空

我姨妈的两个孙子是典型的留守儿童。表弟和弟媳到远方打工，两个孩子留在家里跟着姨妈。大的十三，上初二，小的八岁，上小学二年级。都说留守儿童的教育难度很大，姨妈却说两个孙子其实很让她省心。他俩从幼儿园开始就在一所被人们称作"留守儿童之家"的学校上学，学习都很好，且成绩真实可靠，这让她倍感欣慰，从内心感谢这所学校。

一所民办学校能得到家长这样高的赞誉，尤为难能可贵。到底是怎样的一所学校呢？我心中充满了疑惑。听说民办学校平时的成绩存在弄虚作假现象，那么在今年的中招考试中，这些留守儿童的战绩又如何呢？带着这个疑问，我走进了这所学校。

这所学校被誉为"留守儿童之家"，的确名副其实，因为学校百分之五十的的学生都是留守儿童，对于这些留守儿童来说，他们的大部分时间都在学校度过，学校就是他们的家，老师就是他们的父母。听说今年中招考试，学校考上重点高中的学生占参加考试人数的近半，比重之大让我感到吃惊。而尤为让我惊讶的不仅仅是中招录取率，还有这些留守儿童在上该校前后所发生的判若两人的变化。

留守儿童的父母长期在外为了生计奔波，不得不将孩子托给年迈的老人照看。想想这些留守儿童多可怜啊！他们承担了原本不该属于他们这种年龄所能承担的一切。静谧的夜里，月光拉长了思念，他们在梦中寻觅着父母的笑脸，呼唤着爸爸妈妈，泪水打湿了冰凉的枕头。爷爷奶奶年纪大了，与孩子缺乏沟通，教育孩子力不从心，又少有文化，管不住孩子，因而使得这些孩子普遍接受教育的时间短，行为极其不规范，课程基础差，有些孩子英语基础甚至为零，且这些孩子自由散漫惯了，很难管教。可以这么说，留守儿童的存在就像一根刺，扎在广阔的祖国大地上，扎在繁华城市的边缘，扎在每个人柔软的心尖，总在不经意间触动整根神经，疼痛却又难以剔除。

那么，进入"留守儿童之家"后，他们到底有着怎样的变化呢？

在学校里，我听到了很多留守儿童在学校改头换面的故事，由此让我想到了湖南卫视的热播节目"变形记"——

谁又能想到，今年考了603分的曹飞扬，曾经是其它学校劝退的问题学生呢？2013年8月份，曹飞扬转到该校就读，很快老师们就发现他学习基础很差，上课不专心听讲，心思根本不在学习上。经了解得知他原来在镇上另一所中学上学，刚上初一，就经常旷课外出上网，深深沉迷于网络不能自拔，班主任三番五次作其思想工作，检查写了一大堆，但没有起到任何作用，最后被学校劝退，在家休学三个月。为了教育好孩子，家长狠下心把他送到了"留守儿童之家"。这所学校有着严格的管理制度，吃住在校，平时没有外出的机会，迫使他最终断了上网的念头。后经过老师耐心的说服教育，他开始把精力放在了学习上，本就聪明的他成绩迅速好转，八年级进步很大，九年级已跃入年级前三名，今年中招考试以603的高分被洛阳市轴一中录取，创造了留守儿童的奇迹，也在他心间洒下了灿烂的阳光，照亮了他的一生。

袁钰翔的父母在北京打工，委托姨妈照看他。但是由于姨妈工作较忙，他很多时候连星期天也只能呆在学校。初到学校时的他，身上问题很多，学习成绩排在班级后十名，半夜经常翻墙偷跑出去上网，白天上课打瞌睡。老师苦口婆心地劝说，他都当成耳旁风，甚至赌气出走、辍学，让揪心的老师们跟着校车到处寻找，费劲了周折……但是，班主任申老师没有放弃这样一个让人头疼的学生，她给他讲了很多古今中外名人的励志故事，鼓励他成功的花儿浸透奋斗的血泪，抓住他的闪光点和每一次细微的进步鼓励他，告诉他只要戒除网瘾，完全可以考上重点高中，升入名牌大学。一次次的耐心说服和启发教育，终于打动了这个懵懂少年，他对以往虚度光阴追悔不已，开始制定学习计划，树立了远大志向。自此，他像换了一个人似的，养成了独立思考的好习惯，每天总是第一个走进教室学习，时时处处起到模范带头作用，深受老师和学生的好评。学生只要把精力放到学习上，就没有走不通的路，也没有达不到的目标。今年中招，他以504分的高分被县一高录取，展现在他面前的是一条开满鲜花的阳光大道。

陈亮，在原来的学校是个出名的打架高手，外号"霸王"。转到该校以后，不服老师管教，跟老师犟嘴，与同学打架，学习成绩极差，以他自己的话说，他考试门门功课都是"蒙的"。陈亮曾吓跑了四五个来学校就读的学生，事情是这样的：有几位家长想送自己的孩子来该校上学，孩子一看到原来学校的"霸王"在这所学校上学，扭头就走，害怕自己再挨打，经教师反复做工作才同意留下来。就是这样一个人见人怕的问题少年，三年来，经过学校日复一日的感恩教育、励志教育的熏陶，春风化雨，润物无声，他逐渐养成了良好的生活和学习习惯，懂得尊重老师，团结同学，还能主动帮助他人。机遇总是垂青那些善于把握自己的人。今年中招考试他以501分考上了县一高。对他来说，初中生涯是最难忘的岁月，在他的心里播下了蓬勃向上的种子，在以后的岁月里，这颗种子将不断生根发芽，茁壮成长。

　　爱心无限，心灵相牵。留守儿童的问题很多，难得的是他们能遇到一所好学校，一个好老师，在生命的转折处华丽转身，成功"变形"，从而真正发挥自身潜力，博出人生精彩。在这里，我也诚挚期望全社会多多关爱留守儿童，用爱去温暖他们的身心，点燃他们内心的希望，让他们的生命绽放绚丽的花朵。

爱心播撒希望

　　这是一群风华正茂的大学生——他们一个个多才多艺，清纯美丽，可谓才貌双全。他们开朗、阳光、自信，尽情释放着青春靓丽的光辉和能量，成为伊川教育的一道亮丽的风景线。他们以张扬的个性，挥洒着快乐的音符，演奏爱的协奏曲，摇曳着属于他们的独特魅力。他们的名字是：陈永康、李媛媛、马聪聪、郭梦迪、连汗般……

　　我与这群大学生第一次见面是在2016年7月初。那时儿子刚放暑假，我就寻思着给他报个像样的暑假班。听说伊川县新东方外语学校来了一群多才多艺的大学生，办了一个夏令营，教孩子们学习踢球、舞蹈、绘画、葫芦丝、二胡、武术等等，还带着孩子们外出旅游、野炊，搞得有声有色，孩子们非常感兴趣。一时之间，吸引了很多人的眼球，家长们纷纷前来为孩子报名。我也带着儿子赶了过去。

　　华灯初上。孩子们刚刚结束活动正准备回宿舍休息。我随意咨询了几个孩子，都说夏令营办得很有特色，可以发挥个人特长，学到自己真正感兴趣的东西。进入教学区后，我看到几个大学生正一边走一边跟孩子交流，就走上前问："你们是夏令营的老师吗？"他们用一口标准流利的普通话，友好地对我说："是啊，您需要帮忙吗？"当听我说想为孩子报名时，其中一名男大学生热情地为我介绍夏令营的情况，还主动跟学校主管老师电话联系，并把我带到报名处。后来我知道这个大学生就是陈永康。

我给儿子报名参加了夏令营。短短二十天时间，儿子学到了很多以前没有学到的知识。更重要的是，儿子的学习兴致被充分调动起来了，由原来的不愿学变为主动学，每次回家都兴高采烈地展示才艺，还跟我谈起在夏令营发生的趣事，特别是那几位他喜欢的大学生老师。几位美丽的大学生姐姐，对学生体贴入微，像妈妈一样关心他们，她们的一言一行、举手投足都对这些可爱的孩子们产生了很大影响，在他们心中播下了希望和梦想的种子。夏令营活动结束后，师生一起举行了精彩纷呈的夏令营汇报演出，从这些节目中就可以看出这些大学生不凡的才艺及不遗余力的高度负责精神。

如果要在他们中间找一个传奇人物，那无论如何也跳不过陈永康。他是商丘人，就读于洛阳师范学院文学院，主修戏剧影视专业，也是文学系的学生会主席，由于表现突出在校已入党。他长得很帅气，是女同学追崇的对象。从小喜欢写诗，写散文，在学校古文最棒，经常用古文与同学们交流。他幽默而风趣，孩子们和他在一起很开心，他就像大哥哥一样去关心他们，爱护他们。

漂亮的李媛媛是安徽人，她是洛阳师范学院音乐系学生会主席，主修声乐，也是一名党员。她的笑容很甜美，说起话来像山中的清泉在歌唱，清脆而动听，让人见一面就再也忘不掉。因为她是南方人，不适应我们这儿的饮食习惯，有了胃痛的毛病。每次发作，她都会痛得满头大汗，但总是一手捂住肚子，坚持上完课程。有一位调皮的男生对她说："媛媛老师，天这么热你还让我们上课，我本来想发脾气，但是看到您胃痛还坚持上课，我想我怎么能那么没耐心呢？"

家在濮阳的马聪聪，在洛阳师范学院音乐系学习声乐，主修葫芦丝。她白里透红的脸庞，青春的气质中有一种古典气韵，我想这大概就是艺术的滋养而晕染出的芳馨，是美好在岁月里浸润出的色泽，进入花季更如夏花般璀璨。她的性格非常好，不管多调皮的学生，她都喜欢，从来不批评。一次，班里男生调皮，故意气她，她就佯装生气，说要走了，不再教孩子们学音乐了，几个女同学当时就哭出了声，因为她们从来没有这么喜欢过一位老师。

郭梦迪是一个登封女孩，她是洛阳师范学院音乐系舞蹈专业的学生，有着一张瓜子脸和精致的五官，再配上她那种独有的神秘的眼神，冷艳孤傲的气质，如同雪里梅花般让人着迷。然而对于学生，她却是温柔而富有耐心的，她讲究一丝不苟，对于学生弄不懂的知识，她总是一遍遍地讲解，直到学生豁然开朗为止。

连汗般是一位来自焦作的姑娘，她是洛阳师范学院音乐系学生，主修二胡。在几位活泼开朗的大学生中间，她始终有一种与众不同的气质——灵秀的文静、淡淡的忧郁。她小学三年级开始练习二胡，试想如此家学熏陶，想不优秀都难，何况连汗般从小就冰雪聪明呢？在夏令营汇报演出时，端庄优雅的她，着一袭黑衣，怀抱一把二胡，一曲独奏《赛马》，以娴熟的技艺，跳跃的指法，将曲子激越奔腾、雄浑酣畅的气势诠释得淋漓尽致，让全场观众为之倾倒。对待学生，她有一颗火热的爱心，她曾自己出资购买电影票，邀请孩子们到电影院观看喜欢的电影。

这些支教的大学生为学校注入了新的活力，如一泓清泉注入平静的湖面，激起层层浪花，让一贯重视学生身心全面发展的新东方外语学校掀起了素质教育的新高潮。暑假后，他们将继续留在新东方外语学校任教，让学生的兴趣和特长得到进一步的发展与提升。这种无私奉献的精神让人肃然起敬！相信他们的到来必会带动潮流，推进伊川素质教育的全面发展。

当问及这些大学生毕业后愿不愿意留在洛阳的时候，他们异口同声地说："愿意啊，洛阳文化底蕴深厚，是个好地方！"这样的回答，让我这个土生土长的古都人徒然间心生感动。是啊，这些家在外地的大学生尚且如此，我们更应该为家乡的发展奉献自己绵薄之力。

有人说，爱上一个地方，是因为那里有你留恋的东西。对于这些大学生来说，洛阳是他们生命中最为灿烂与难忘的地方。他们在这片心中的热土上，用爱心播撒希望的种子，用青春铸就飞翔的梦想。

东方风来满园春

很多次与它擦肩而过，从水寨到白元，总是经过这里。那是一片神圣的殿堂，伊水汤汤，降河环绕，山势在这里攒聚，一片橘红色的建筑显得尤为醒目，很远就能看到"新东方学校"五个红色大字矗立在楼端，所有的美感与天地融为一体，犹如镶嵌在乡村公路边的一颗明珠。

此时，正是草长莺飞的季节，我来到了这里。步入庄严的学校大门，慈祥的毛爷爷在招手微笑，好像在说："同学们好，一定要好好学习，天天向上啊！"校园里松树参天，刚毅挺拔、潇洒伟岸，傲雪不凋，松的魅力在此充分展现。花坛里，到处盛开着争奇斗艳的花儿，桃花把脸都笑红了，柳枝摇摆着长长的绿辫子，鸟儿叽叽喳喳地叫着，阵阵芳香，引来一群群蜜蜂在快乐地跳舞。花前柳下，孩子们和老师一起游戏，鲜花映衬着一张张可爱的笑脸。小草被春风唤醒，悄悄地钻出了地面，满操场的嫩绿，柔柔地展示着春的生机。草坪上，孩子们在奔跑着，嬉闹着，手拿葫芦丝的孩子在老师指导下吹奏着优美的乐曲。几只小燕子穿着优雅的燕尾服唧唧地叫着，掠过柳枝的发梢。听，有风吹过，轻轻地吹过……一切的一切，多么和谐，多么生动。

学校大部分孩子为农村留守儿童，据说来此做讲座的清华教授，给孩子们体检的医生……都无一不惊奇地发现，这里的孩子们"颜值很高"，他们惊叹"这哪像想象中的留守儿童啊"。

徜徉在春景怡人的校园里，我留心观察了那些孩子们，果真如此，这里的孩子们一个个活泼开朗，聪明漂亮，与其它学校的学生相比，显得尤为容光焕发。我想，正是因为这里的孩子们生长在自然山水的怀抱里，也因了这些美丽的山水而出落得亭亭玉立，英姿勃发。孩子们喝的是山泉渗透而成的矿泉水，吃的食物——蔬菜和肉类，是学校人工养殖的，不含任何添加剂，与自然的充分接触使得孩子们在这里可以自由地生长，洒脱而野性，有一种返璞归真的自然之美。就像那些长年生活在山水边的竹子，根须日日与山水缠绵交融，美丽、滴翠、蓬勃，鲜嫩而富有神韵。生长在这里的孩子们，有梦想赐给他们的明亮目光，有自然赐给他们的靓丽容颜，心灵也像蓝天、白云一样明净。生长在这里的花草树木也是智慧的、幸福的，因为他们跟这些孩子们一样幸运，选择了在这里生长。啊，这里生长着美丽，这里生长着幸福，这里孕育着梦想！

步出校园，校门口悬挂着一位书法家的题词——"东方风来满园春"。不是吗？学校处在大自然的怀抱里，在清新温润的山水间展开胸怀，在彩云一般的天地间，构筑彩霞一般绚丽的梦想，和着大自然的脉动，沐浴着改革开放的春风，必将进入一个满园春色的崭新境界！

遇见彩虹

  年近六旬的彩虹姐，风韵依然。她面如满月，眉宇间一股清隽舒然，盈盈浅笑的双眸如夏日的池水，清透不染。她丽质天成，脱尽红粉脂气，如一朵清雅的奇葩，散发出阵阵清芳。但在我看来，她的美更在于一种内在与外在和谐一体的率性洒脱、明澈坦然的气质，给人留下很特别的感觉。

  彩虹姐从小在条件优越的家庭里长大，父亲曾是一县之长，但她高贵而不傲慢，柔弱而不矫情，妩媚而不入俗。我常想她这个诗意的名字的由来——是她出生时西天出现了美丽的彩虹？还是父母希望她的一生像彩虹一样丰盈美好？但是，她的确人如其名，像落入人间的彩虹，飘然出尘。

  年轻时的彩虹姐有多美？我没有见过。但我听说20世纪80年代我们这里有两位倾城美人，其中一位便是彩虹姐。我曾见过一幅彩虹姐年轻时的照片：清纯的笑脸，露出娇憨可爱的神情，别致的发带随意地束在披肩的长发上，恬淡的风情在远处春日美景的衬托下更显得清爽秀丽。

去年一个偶然的机会，我与彩虹姐相识，感觉很投缘。后来由于我父亲病重等原因，很长时间我们没有再见面。其间彩虹姐曾找过我，留下两条如彩虹般轻盈靓丽的丝巾离开了。系上丝巾，嗅着丝巾散发出来的清香，我常想回赠她点什么。一次我在办公室，手机响了，耳边传来了彩虹姐温暖如春的声音："芷兰，在办公室吗？我马上过去。"没多久，门外传来了亲切的声音："芷兰，快来接我一下。"走出门外，我一下子惊呆了：只见柔弱的彩虹姐抱着一块足有二十余斤重的石头站在门口。我接过石头，赶紧让彩虹姐坐下休息，气喘吁吁的她额头上渗出了细密的汗珠。她说专程给我送黄河奇石来了，我一下子感动得不知说什么好。早就听说彩虹姐喜欢捡石头，她从年轻时就经常外出觅石，踏遍了山山水水，汗水洒一路，白嫩的皮肤晒黑了，不知磨破了多少双鞋子，扯烂了多少身衣服，跌了多少跤。功夫不负有心人，她收藏了很多奇石。后来，人都知道石头的价值，寻找的人越来越多，奇石也就越来越难遇见。那些收藏有石头的人，有的靠卖石头发了家，也有的从不愿把石头送人。彩虹姐不一样，她以石交友，遇到投缘的朋友就送上一块。尤其是这次，她亲自抱着沉重而贵重的黄河奇石送我，让我颇为铭感于心。一块黄河奇石，见证了友情的珍贵和温暖，纯净中有温馨，平淡中有绵长。

我和彩虹姐结下了深厚的友情，我把黄河奇石放在客厅，一看到它就想起了彩虹姐，想起了坚如磐石的姐妹情。我们隔段时间不见就会想念，常相约一起吃饭、唱歌、谈心。彩虹姐是个简单率性的人，她高兴时手舞足蹈，笑得前仰后合，甚至躺倒沙发上手脚朝天哈哈大笑，像个天真无邪的孩子。她性情豁达，敢爱敢恨，坚守秉性，侠气铮铮，让众多男士都无法企及。她喜欢一个人可以掏出心来，而不计较任何回报。正因为如此，她朋友多，人缘好，朋友们都喜欢她爱戴她。她有一颗阳光的心，胸怀宽广，心境平静，轻视名利。心底无私天地宽，她拥有了一个乐观坦荡的人生。韶华易逝，容颜易老，浮华终是云烟，心里洒满阳光，才是永恒的美。

彩虹姐还是个善于发现别人长处的人。她说："芷兰，我非常喜欢你，不仅因为你有才气，更因为你有温婉柔和的好性格，让人看到就心生爱怜。"如今人心难测，人性的复杂演变出人多面的心性，每个人都有可能会在除了自己以外的时空里常常看到有缺陷的别人。自私的人往往以己度人，豁达的人每每以人度已。我有遇到嫉妒、假意奉承和冷嘲热讽，也有遇到打击、诽谤和诬陷。彩虹姐与别人不一样，同为女人，她不是妒忌排挤，而是真心欣赏、赞美和付出，我感受得到她真真切切的关爱和喜欢。我们在一起时，有着精神上的默契，有着心灵的统一，可以谈爱情，谈婚姻，谈未来，谈人生所有的问题。我们心有灵犀，心意相通，相知相惜，互相扶持，互相敬重。这种情义，是至真至纯，难寻难觅的。

彩虹姐说她喜欢和朋友们到野外玩，看风景，采野菜，一路欢笑一路歌。我便和彩虹姐相约明年春天到野外踏青。于是我的眼前时常出现这样一幅画面：五彩斑斓的春日，我和她穿着飘逸的裙子，在田野的草地上谈笑着，欢唱着。风儿吹起我们的长发，裙袂飘扬，片片嫣红撒满我们的裙纱。小鸟儿唱着悦耳的旋律，每片叶子都在风中欢笑，每朵花都在吐露浓郁的芬芳。缕缕阳光照遍身心，心中的暖流在汩汩地奔涌，彼此的温度也在血液里欢快地流淌……

姐妹携手，在红尘交错的阡陌上漫步，自此碧水云崖，天高地远，不尽悠然。

三姊妹雅聚

  松姐和霞姐，都是富有才情的女子。现在她们虽然大部分时间住在外地，但在她们眼中，故园是根相连情相牵的地方，是生命中永远割舍不下的地方，每时每刻牵动着她们一颗思念的心。

  曾读过松姐这样一首诗："莽莽蓬蒿，野径生香，逆境挺腰。看兰溪蝶影，松云荷月；拓荒草野，志壮凌霄。……吟诗句，谱流章清曲，咏唱伊皋。书香和乐滔滔，饮雨露林泉胆气豪。访程门二圣，……邀酒祖，与伊川共醉，梦里听涛。"字里行间所奔放的豪情和诗意，让我对她产生了许多遐思。她有一手让人羡慕的好书法，挥毫泼墨间舞动着生命的韵致和洒脱。正因为如此，当我第一次遇到端庄娴雅的松姐的时候，便感觉到了才情熏染出来的人格魅力。如今，她九岁的小女儿琪琪正是她的翻版，乖巧聪颖，特有诗书气韵，喜欢古诗词，喜欢看书学习，写得一手好字。

  霞姐长着一张标准的瓜子脸和精致的五官，皮肤白皙，天生一副不食人间烟火的模样。她娇柔而浪漫，活泼而多情，和她在一起，她的快乐无时无刻不在包围和感染着你，那种发自于心的幸福和满足感真让人羡慕。她工作上游刃有余，生活中富有诗情画意。她对诗歌的喜爱达到了如醉如痴的地步，灵感到来之时就会寝食难安，直至写出来为止。她的举手投足之间，她的涓涓细语之中，似乎都有叮咚的诗句在流淌，一旦诗情喷涌，犹如层层波浪，一浪高过一浪，形成波澜壮阔的气象。

拂去岁月的烟尘，一切仿佛都是冥冥中注定，这里面也包含了三姊妹从相识到相知的缘分。我们皆为心性不俗之人，有着共同的志趣，也就有了共同的话题。我们彼此欣赏，相互鼓励支持。虽然不常相见，但是在网络上、微信中彼此关注着对方，为对方取得的每一点进步而开心与欣慰。近来听说霞姐要出版新书，我还特意为她写了一篇文章，发在报刊上以作致贺。

生活就像过滤器，那些不适合的朋友终会远去，留下的都是可以一路同行者。人到中年，经历的生命有温暖，有失意，有波折，有起伏，不再努力争取什么，该来的自然来，该去的留不住。人生百味，这世间总会有纷乱劫难，苦辣酸甜，谁又不曾见过嫉妒、虚伪与薄凉，那些让人寒冷彻骨的伤痛，都将在光阴轮回里寂然散去。不是吗，还有朋友没有变，时光深处还有记忆里的美好，沉淀于心的执念……

这个暑期，霞姐回乡看望她日夜想念的家园和亲友，松姐正好在家避暑，情趣相投的三姊妹终于又走到了一起。

我们热切地拥抱着。霞姐兴奋地说："松姐，我想家，更想念家乡的芷兰。今天，让我们一起看尽家乡的山水美景，好吗？"我们手拉手，走过伊河柳岸，踏遍荆山丛林，看杨柳飞舞，听伊水涛声，观凌霄花含笑，赏青草飞扬，从久别重逢的惊喜，到相处时的一个眼神，一句话语，都没有半丝生分。不经意间按下快门，欢笑声里眉眼弯弯，耳边有清音来，心中有清歌起，一种惬意随之流过通体，醉了三颗相连的姐妹心。

炎炎夏日终会过去，留下来的是记忆里绽放灿烂如花的瞬间，色彩斑斓的姐妹深情。生命里的缘分，不疾不淡的溶入诗意人生，刻在心坎上，定格在短暂的相聚之间。

傍晚，我们来到荆山下的竹园农庄小坐。刚下车，就有一位白衣美女走上来说："三位姐姐好漂亮啊，就像三位仙女一样。"我回头看看身旁的松姐、霞姐，她们的确美丽如仙。夕阳从西方的天空倾泻而下，散落在她们的发梢、脸颊与眉间，给她们涂抹上一份神秘的金色光晕。她们穿着飘逸的裙子，襟飘带舞，诗书情怀气如兰，显得那样迤逦，那样婀娜，那样超凡脱俗。

山野的风无遮无拦地袭来，吹透轻薄的夏衣，感到丝丝舒舒爽爽的凉意。环顾四周，好一个诗意的农家田园！路旁苗圃内，成片的花儿开得正酣，红花绿叶在风中飘飘摇摇，浓郁的花香沁人心脾。有些草儿的叶子开始变色，析出层层枯黄，让人感觉到一种秋天来到的前奏。"秋风萧瑟天气凉，草木摇落露为霜。"狗尾巴草晃头晃脑，在风中起舞，当你想伸手抽出一支时，又对它的娇弱心生爱怜，不忍心破坏这份难得的宁静。三三两两的翠竹，在风中保持着完美的站立姿势，可是为了迎接三姊妹的到来？路旁那一朵朵蒲公英，像一个个毛茸茸的圆球，随手采撷几朵，面对纯净的天空，轻轻一吹，它们便像降落伞般飘飘悠悠地纷纷出发，完成生命最美的谢幕也是最美的又一次开端。脚下的荆山热土，在岁月的风霜中站成守候的模样，与潺潺伊水相守相望，不正如三姊妹之间的情分么？

风儿拂过发梢，凉意沁心。悠然地坐在绿色环抱的圆桌旁边，倚在藤条编织的竹椅上，品一品香茗，尝一尝农家菜，谈一谈过往友谊，论一论书香文化。偶尔抬眼望一望，身旁绿油油的篱笆里，伫立着几枝翠竹，摇曳着几丛青草，葱郁着几棵蔬菜。听蛐蛐婉转的弹唱与风声琴瑟和鸣，像从婉约的唐诗宋词中滑落的天籁之音，将串串音符散落在诗意田园之间，不知不觉间已心旷神怡……诉不完的知心话儿，讲不完的万语千言，这一程携手走来，穿越悠悠时光，起落间看花开花谢、云卷云舒，月升月落是最好的见证。

月儿渐渐升高，好大好圆！侧耳听，似有婉转的笙箫仙乐从月宫飘来，丝丝缕缕，缠缠绵绵，虚无缥缈，欲诉还休。

明月之下，三姊妹雅聚，定格成一幅永久的画卷，穿越茫茫红尘烟雨，珍藏于心头笔尖……

第五辑 净水深流

以真诚和大爱谱写的家族生命史
——写在乔中岳先生《风雨过后见彩虹》付梓之际

近日受山西文友王辉先生邀请，为他的叔叔乔中岳——一位已经退休的北京老教师即将出版的新书《风雨过后见彩虹》写篇评论。之前我和家人到山西去，曾受到王辉先生的热情接待。文友之间应礼尚往来，于是我欣然同意。

让我感到不解的是，王辉先生的叔叔怎么姓乔呢？带着这个疑惑，我打开了他发过来的新书电子文稿。只看了书稿的开头部分，我便明白了——哦，原来王辉先生的叔叔，从小被乔姓人家收养了，因此改姓乔。静下心来翻阅书稿，感觉犹如打开了一本沉甸甸的记忆史册。这本书是乔中岳老师的个人回忆录，洋洋洒洒十多万字，记录了他从小到大充满传奇色彩的生命经历，但它又不仅仅是对个人经历的记录，而更侧重对人生、生命的感悟，有较高的文学性，因而可读性很强。细细品读像河水一样汩汩流进我的心海，荡起一个个情感的漩涡。

整本书是以质朴的文笔、滚烫的真诚来写作的。乔中岳老师洗尽铅华，赤裸灵魂，把自己的一生展现给世人，没有虚假的情节，没有华丽的辞藻，更没有气势磅礴的语句，只有敞开心胸的真诚。他用真诚泣血的声音和大家交心：我曾经是这样走过来的，我曾经是这样活的……所以，读起来非常入心、贴心，就像是发生在自己身边的事情，感觉没有一点隔阂。他的笔下娓娓叙述着一生曲折的历程，流淌着各色情感：有背井离乡的凄怆，有乡情亲情的感怀，有文革混乱的局面，有爱情的甜蜜与艰辛，更有对世事的感悟和沉淀的思考……从作者生于战乱到子孙绕膝，从村庄的炊烟袅袅到城市的霓虹闪烁，王、乔两个家族以及周边相关各色人物纷纷呈现在他的笔下，在现实与梦想的转换中，一次又一次的接纳各色的生活姿态与表情，太多的人情世故，太多跨越时光的岁月变迁，让人感叹万分。

  一个人的思想境界和爱是相连的，他的境界有多高，对生命的热爱就有多深厚。乔中岳老师以穿越历史时空的笔触，记录下一生点滴的过往，折射出他宽广的胸怀和无私的大爱。他的字里行间奔放着爱——对故乡的爱，对亲人的爱，对同事的爱，对友人的爱，对真情的爱，对事业的爱，对生命的爱。这些爱是温暖的，也是乐观的。即使是在人生旅途中遭受了不幸，他也没以任何文字形式发牢骚，泄私愤，而是以细腻的文笔侃侃道来，展示出人物丰富的心理世界，感触得到他们内心的涟漪、感情的波澜，这样详尽的细节描写让人过目不忘。朴实流畅的文笔，深沉真切的挚爱，带着人间的博爱，渗入读者灵魂深处，富有强烈的艺术感染力，使人产生无限的怀恋与感动，情到深处不由潸然泪下。一字一句总关情，呼吸之间沁入爱。人生四季，从青涩到茂盛到凋残再沉寂，鲜妍可以凋零，青春可以逝去，往事亦可随风，成功伴随失意。但人世间永远不会枯萎的，是那一份沉甸甸的爱。世间沧桑，有太多的磨难和曲折，需要面对和承受，也有太多的经历和风景，需要珍惜和珍藏。"心中有爱才有度。"心中装着善良，装着宽容，装着真诚，装着感恩，生命就会永远充满阳光。

"以智慧化解万物，向敞开的灵魂进攻。"乔先生历时七年之久写出来的这本大作，是一部以真诚和大爱谱写的珍贵的家族生命史，反映出家族的轨迹和时代的变迁，非常有意义。他以文字为犁耙开掘灵魂，写出了自我，写出了心情，谱写了一曲生命的精彩华章。

风雨爱同行

因为写了不少扶贫的文学作品，在网络上得到了广泛转发，引起了不少爱心人士的关注，伊川县蛟龙救援队的队长董大妞主动在微信上联系了我，约定在十月三日国庆中秋双节期间对我们文联承包的贫困户进行慰问。

秋雨霏霏，秋风送凉。上午九点，和董大妞在县城约定地点见面了，看到的是一张白嫩嫩胖乎乎的娃娃脸，这才知道董大妞原来是个年轻女孩子。之前还一直疑惑，董大妞也许是微信昵称，队员由全县各界的爱心人士组成，基本上全是男的，队长怎么是女的呢。看着眼前的董队长指挥果断，令在必行，全体成员军事化管理，统一着装，我不由打心眼佩服她：巾帼不让须眉，稚气未脱挑大梁。

从县城驱车到西牛庄，路过旅游快道边的高楼林立，欣赏着路边满眼的秋彩斑斓，到了山青水秀的西牛庄。驱车走在通往沟底的山路上，一股清气扑面而来。雨雾朦朦，把尘世的污浊洗濯一空，惟余一抹清新荡漾心间。离村口不到两公里，在一个山坳处的尽头就是赵总奇家了，在群山树木遮掩下的农家小院，与周围安静的环境仿佛与世隔绝，是那么的幽静。

车停在了村路上，赵总奇的父母亲跑到路边来迎接，队员们从车上拿下月饼、大米、油、苹果等慰问品，步行到了赵总奇家。路上赵总奇的老父亲不停说："你看这大过节的，你们本该好好休息，却要来看望我们贫困户，实在不好意思。"朴实的话语像此时漫天飘洒的秋雨，让每个人的心情变得像雨水一样清澈透亮，秋雨中花伞下的我，思绪已被绵绵细雨打湿了。

赵总奇看上去精神了很多，虽然他的腿脚不便，却还是忙着给大家搬凳子，用他不清晰的发音在和大家做着交流。"家里最近怎么样？""你们的身体都怎么样？""最近天气变凉要注意保暖。"爱心人士和家里人拉起了家常，并鼓励他们保持乐观向上的生活态度，增强战胜贫困的信心和勇气。伊川县政协委员、伊川县好钰水电安装有限公司董事长亓战民掏出赞助款递给赵总奇，赵总奇激动得不知说什么好。赵总奇的父母一边流泪一边说："儿子病成了这样还离了婚，孙子精神上出了毛病，前几年都觉得活不下去了。感谢党的扶贫惠民好政策，给我们带来了希望，县文联找中医给我孙子抓药治病，今天又有这么多爱心人士来关爱我们一家，真让人感动！"我说："总奇的病只差再去做个手术，身体就基本正常了，再找个工作，就不用您老俩操心了。孙子看到父亲病好，精神也会好起来，你一家的日子就慢慢好起来了。"赵总奇的母亲连连点头，说："是啊，是啊，谢谢你写了那么多文章为我们宣传，才引起了这么多人的关注和帮助。"老人家的话，似暖阳，让我心里热乎乎，如清风，吹散了泥路奔波的疲劳，鼓足了扶贫攻坚的决心。我连忙说："应该的应该的，这是每一个写作者的文化责任和历史使命。"赵总奇的父母拿出苹果和石榴让我们吃，大家谁都不肯吃。临出门，赵母硬是给我的包里塞了几个小石榴，说："这是我们自家院里的石榴树结的，你一定要带回去尝尝新鲜。"

离开赵总奇家，我们驱车前往晋米霞的娘家，自从瘫痪后，为了方便照顾，晋米霞就住到了邻村娘家，由七十多岁的老妈负责照看，可怜天下父母心啊！路上，瘫痪在床十七年的晋米霞的样子又出现在我的脑海中：干净的床单遮盖着瘦小的身体，整齐的乌发下是一张清秀而精神矍铄的面庞，说起话来铿锵有力，有板有眼。这个坚强的女人，自从见过她之后，她的形象就在我脑海里久久挥之不去。那病魔摧不垮的身躯，一次次叩痛我沉重的心扉，坚定着我为扶贫攻坚摇旗呐喊的信心和斗志。

因天气转凉，晋米霞的床铺已由临街门楼下转到了上房。我和董队长来到她的床前，拉着她的手安慰她，传递着党和政府的温暖和关爱。晋米霞说话还是那样有条理，她说家里的生活状况是越来越好了，老公孩子都很听她的话，老妈更是无微不至地关心照顾她，每个人都很疼爱她。说到动情处，她的热泪从瘦削的面庞上滚落下来，她说："感谢党，感谢政府，感谢你们这些爱心人士，我们全家一定会战胜困难，生活会好起来的！"亓总走过来掏出赞助款放在晋米霞的枕头边，说："今天看了你们两家贫困户，因病致困的情况的确很特殊，以后我会关注你们的生活状况，经常过来看看，有什么困难只管跟我说。"董队长也表示今后将把这两家特贫户当作他们的一个帮扶点，组织员工多到这里做义工、献爱心。

走出上房门，董队长提议大家在台阶前和晋米霞的丈夫合个影。晋米霞的丈夫中等身材，言语不多，一看就是个厚道人，妻子瘫痪在床十七年，这个男人默默撑起了家里的一片天空。中华民族几千年的传统美德，薪火相传。他，一个普通的农村汉子，就是用这么简单的方式践行并传承着一个男人的责任和担当。

迎着午后的风雨回返，一片片风景从车窗刷刷闪过，又在视线里消失。万安群山、山沟和杨树林弹奏着一曲雄浑的脱贫致富乐曲，在群山的云雾风雨中展示着天地间的大爱大美。

洒向人间都是爱

今年五月份来到文联工作后，我立即投身到当前最紧要的扶贫一线工作。冒着高温酷暑，我一次次奔波于山路崎岖的扶贫村——彭婆镇西牛庄村，了解对口扶贫户的详细情况，切身体验民情，给予贫困群众力所能及的帮助，同时也为写作提供了灵感与源泉，创作了相当数量的扶贫文学作品。

一天，驻村工作组李智欣同志给文联马伟民主席打电话，说给我们文联又增添了一个贫困户。这一家农户姓赵，今年刚被确定为贫困户，还没有确定对口扶贫责任人。小李在电话里这样说："这一家情况比较特殊，考虑到你们文联可以借助单位优势，让从事新闻、宣传、文化工作的朋友多多关注，帮助这一家解决一些实际困难，所以就想让文联分包。"

马主席说："我们分包的第一户贫困户就够特殊了，家庭主妇因为高位截瘫，十七年卧床不起，全靠娘家老母亲伺候吃喝拉撒，还有一个孩子上大学，一家人靠丈夫一个人打工养活。难道还有比这一家更特别、更困难的农户呀？"

小李在电话里简单介绍了这一家的情况：一家五口，祖孙三代，户主夫妻俩都年近七旬了。儿子赵总奇今年四十三岁，虽然是大学毕业，但是毕业后却一直没有正式就业，2004年被查出得了鳞状细胞癌，2008年国庆节期间又遭遇到一次严重的车祸，2009年4月，被查出口腔出现恶性纤维肉瘤，做了左下颌骨切除手术，到了7月，又不幸患上了脑梗。老婆和他已经离婚。总奇的儿子赵佩寅，今年初中毕业，因为目睹家庭种种变故和不幸，思想郁闷，无心学习，精神上竟然也出了问题，发作起来拿刀动杖，追着爷爷打。还有一个儿子名叫赵宇航，在外地上初中。

听了李智欣在电话里的介绍，我心中暗暗纳罕：天啊，怎么会有这么不幸的家庭啊？为什么痛苦和灾难总是接二连三地降落在一个人的头上呢？难道真是如古人说的那样福无双至祸不单行吗？

帮扶责任人对于一个贫困户来说，担负着很重要的责任，工作压力是很巨大的。但是既然驻村工作组把这一家分给了文联，就是对文联工作的重视和信任，于是马主席和我都当即表态："好的，文联接受这一户的扶贫任务，保证做好工作，完成任务！"

第二天上午，我们驱车来到由郑煤集团公司、伊川县公路局、伊川县文联共同承包扶贫攻坚任务的省级贫困村——伊川县彭婆镇西牛庄村。在李智欣和另外一个驻村工作组成员师干欣的引领下，来到了赵总奇家。

这是一处干净的农家小院，临街房舍破旧了点，上房还算可以，干净的水泥地面上有一只小狗在悠闲地摆着尾巴，院子中间有绿油油的菜畦，种着青菜、西红柿等时令蔬菜，还有一棵石榴树，绿叶间挂满了咧开嘴笑的青果……这一切的一切为这户人家送来了清爽和生机。如果不是事先得知这是一个不幸之家，谁都会羡慕这样富有田园气息的农家院落。

不巧的是，赵总奇不在家，只有他的父母和儿子赵佩寅在家。他的父亲叫赵建修，今年六十八岁。老赵告诉我们，已经出嫁的女儿一大早开车过来，拉上总奇到洛阳一五〇医院检查身体去了。

李智欣向老赵介绍了我们，淳厚的老赵慌忙招呼我们在院子里坐下，又让孙子去屋里给我们找吃的、拿喝的。我们赶紧阻止了他，让他坐下聊聊。

老赵坐下来，开始向我们诉说家庭的不幸。说到伤心处，他和老伴早已是泣不成声。最后，老人流着眼泪说："现在党的政策真好，派来驻村干部帮助咱贫困户脱贫。李智欣这个小伙子可好了，多次来家里看望我们。"他又指了指师干欣，说："还有这个师书记，都是好人啊，帮助我们申请低保，帮助我老二孙子去郑州慈善学校免费读书。可是，我这一家情况简直没法说啊，什么倒霉的事，都落到我头上了。儿子患了好几种病，还出过车祸；儿媳妇看这样的日子没法过，也离婚了；孙子思想上受不了这种压力，变得疯疯傻傻。唉，老天爷为啥对俺家这么不公啊？想到这些，我晚上都睡不着觉，有时候觉得真是没法活下去了。"

看到老赵两口子流泪，陪我们过来的李智欣，也流下了同情的眼泪。赵佩寅看到这一幕，乖巧地跑进屋拿来纸巾，递给李智欣让他擦泪。这个十九岁的大男孩，长得高大魁梧，粗胳膊粗腿、大手大脚的。虽然说有精神疾病，但是看起来和常人没有什么区别。看到客人流泪，他主动去拿来纸巾，也很聪明很懂礼貌。

看到老赵这么伤心悲观，马主席安慰他说："老赵你放心，扶贫攻坚是全党的一项政治任务。咱们的总书记已经说了，要在2020年全面实现小康，一个贫困户也不能拉下。咱们县委县政府这么重视，每个贫困村都派驻了工作组，每个贫困户都安排了帮扶责任人。我们既然走进你家的大门，就是来帮你想办法的。完不成任务，上级不答应我们，我们自己也没法向你交代啊。既然让我来当咱家的帮扶责任人，以后咱就是亲戚了，我会经常来的，我会尽心尽力帮你想办法、渡难关。你要坚强起来，儿子、孙子有病，他们都在看着你。你要挺起腰杆，树立信心，咱们一起努力，好不好？"

老赵看马主席说得这么诚恳，感动地说："谢谢共产党，谢谢政府。有你们来帮助，我觉得心里亮堂多了，也觉得生活有盼头了啊。"

赵建修老人指了指孙子赵佩寅，接着说："我这个孙子，小的时候本来也是很机灵的，爱读书，爱学习，学习成绩一直不错。但是这几年来，家里不是出这事，就是出那事，孩子在人前觉得抬不起头，情绪低落，学习也学不进去了，有时候连续好几天睡不着觉，不知道啥时候开始，精神上就出毛病了。现在看起来好好的，但是发作起来可吓人了，不管是刀子、棍子、石头，拿起来就乱打人，有时候连我也追着打。"

我们问去医院治疗过没有，老赵说："去过，在洛阳精神病医院还住过院。医院的医生给开了很多药，只是回来之后，他不是太听话，不愿意坚持天天吃药，所以病情时好时坏。"

听到这里，马主席突然想起了什么，告诉老赵说："我有一个亲戚，名叫王孝宗，是一个乡村老中医，对精神疾病有一定研究。他根据精神病人不同的病情，用不同的中草药配制出不同的药丸，治好了很多精神病患者。我回头找我这个亲戚说说孩子的病情，请他配些中药。或者我再来的时候，邀请他一起来咱家，当面看看孩子的病情。"

离开赵建修家回县城的路上，李智欣又给我们详细介绍了老赵家的其他情况。我们问目前对他家的帮扶措施都有哪些，李智欣说："刚进村的时候，因为不了解情况，再加上老赵家前几年新建的房屋盖得还不错，就没有把他家列为贫困户。到了今年，经过调查了解，发现这一家的确困难，就添加为贫困户了。目前的情况是，赵总奇享受有低保，我们正准备帮他家再申请三个低保人口。下一步再把他家也列入农民专业合作社，通过到户增收项目，到年底参与养殖企业的分红。"

马主席说:"这些扶贫措施,对于一般的贫困家庭,应该基本上能帮助其脱贫,但是对于老赵家这样的情况,两个病人,都还需要继续治疗,恐怕就是远水解不了近渴呀。"

同行的师干欣接过话茬,说:"就是啊,我们也在积极地想其他办法。最近正在通过一个微信社交平台,发布了他家的困难情况,号召爱心人士捐款资助呢。回头我把链接发给你,你也广泛转发一下吧。"

马主席说:"好,只要写的东西都属实,我们一定转发。"

在这之后半个多月里,经过多次联系,终于在七月十号那一天,马主席约上老中医王孝宗,我们一起来到了西牛庄村赵建修家。这一次,全家人都在家等着。听说我们带着老中医上门给孩子看病,赵建修让孙子去镇上买了几个凉菜,还买了一兜白面馒头。赵总奇也在家,虽然他看上去行动不便,还是屋里屋外来回张罗着抱出来两个大西瓜,切开让我们吃。

王孝宗大夫让赵佩寅坐在身边,跟他聊天说话,借以观察他的神志情态。聊了一会,又让他伸出舌头,观察了舌苔。然后让他坐在桌子旁边,伸出手臂,扣了扣左右手腕的脉象。

趁着王大夫给赵佩寅诊脉,我们让赵总奇坐下,跟他聊天说话。马主席说:"上次我们来家里,你正好去医院检查身体了。今天来,主要是让王大夫给咱家小孩子看看。你的情况我已经了解一部分了,有机会咱再详细聊。虽然是第一次见你,但是我在手机微信上已经见过你的照片了。"看着他因为左下颌骨切除塌陷半边的脸庞,听着他呜呜啦啦吐字不真的话语,我不禁感叹万分,人生命运各不同,的确如此!赵总奇原本大学本科毕业,应该有一个美好的前程,也曾经拥有一个完整幸福的家,但这一切都被病魔无情地夺走了。人生无常啊!

一会儿功夫,王孝宗大夫已经给赵佩寅看完了病,并且问了问眼下吃什么药,看了看精神病医院开的各种诊断证明。王大夫说:"这样吧,我回去就抓紧时间给孩子配药，还要加工成药丸。将来药带来后，要坚持吃一段时间，边吃边观察。我留下我的电话号码，有啥情况直接给我打电话就是了。"

回去后过了两天，王医生就把药配好了，是小粒黑色药丸，有一大碗那么多，一次吃十粒，够吃一个月的药量。因为是贫困户，王医生给我们按成本价。我和马主席立即开车把药送到了赵总奇家，一家人自然又是千恩万谢，我把孙子赵佩寅叫过来，一再叮嘱他这药价值不菲，一定要按时吃药，这中医治好了很多此类病症等等，赵佩寅懂事地点了点头。赵建修跑到屋里拿出仅有的一点钱要塞给我们做药费，我们赶紧拦住，告诉他这药费我们出，要督促孙子好好吃药，确保达到效果。

眼看快中午十二点了，赵建修的老伴开始进厨房忙碌准备给我们做午饭，我们赶紧起身告辞。路上，马主席感叹说："多好的老百姓啊，咱们没有给人家办成什么大事，只是到家里看看，给孩子诊断一下病情，你看人家提前买菜买馒头，看那架势是真要让咱们在家里吃一顿饭啊。咱们来是扶贫的，怎么好意思让人家贫困户破费招待咱们啊？"

我说："是啊，咱们只不过表达了一点心意，送来了一点关爱和温暖，老百姓就对咱们千恩万谢的，实在是有点过意不去。回去咱们继续想办法，一定要帮助这一家度过生活上的难关，确保年底脱贫！"

脱贫路上

炎炎盛夏,骄阳似火。由县文联组织文艺采风团一行十多人,驱车走过车辆穿梭的县级公路,沿着蜿蜒狭窄的乡间村村通,来到了省级贫困村——西牛庄村。

正是麦收时节,四周的山乡风光如美丽的田园风景画。整个村庄包围在一片金黄色的海洋里,空气中飘散着麦香味儿。田地里到处一派热火朝天的场面。有的麦子已经收割,只剩下了金黄的麦茬闪着金光;有的收割机正在紧张地进行收割,成袋的麦粒蕴藏着丰收的喜悦;有的麦子还没有收割,沉甸甸的麦穗低头笑望着田野。农家人的欢声笑语里,飞扬出扶贫惠民好政策的习习春风,合着青草味儿,混着泥土芬芳,越过山岭,飘过杨树林,在蓝天白云之间荡漾。

在西牛庄村委会门口,县公路局驻村工作队的李智欣同志热情地接待了我们,把我们带到简陋整洁的扶贫工作室,向我们介绍了西牛庄村现在的情况。西牛庄村总户数二百八十六户,人口一千四百七十人,贫困户六十四户三百零一人,其中低保户十七户,五保人数五人,是省级贫困村。由郑煤集团、伊川县公路局、伊川县文联共同承包脱贫扶贫任务，以人均年收入三千三百元为脱贫目标。

在李智欣的带领下，我们来到远离村子的一处土坡，这里是扶贫项目所在地——肉兔养殖基地。走进蓝色简易房，映入眼帘的是三层的兔舍，笼子中一只只肥肥嫩嫩的兔子煞是可爱，它们有的在闭目养神，有的在来回走动，有的在津津有味地吃着什么。最有趣的是这些兔子的长相，有的浑身洁白无瑕，一尘不染，有的一身素白，只在鼻尖、尾巴和四只脚处是灰黑色。它们机灵的小脑袋上镶嵌着一双红宝石似的眼睛，看上去活泼而俏皮。我察觉到，虽然是炎炎夏日，简易房里却有丝丝凉意，空气非常流通。仔细一看，原来这里的窗户上，装着自动水循环系统，可以降低温度，流通空气。这可真是先进技术，我们还从来没有见到过呢。这里有专家指导技术，有责任心很强的女工负责喂养，目前已投资三十万元发展养兔产业，建兔舍八百平方米，引进优质种兔九百只。在这里，可爱的兔子成了脱贫能手，点亮了贫困户的致富希望。

接下来，我们去看西牛庄村五星支部创建情况。步行向山沟深处走，更是别有一番风景，盛夏的丘陵上翠绿苍茫，山林高高密密，青葱翠绿，绿叶在风中轻歌曼舞，发出沙沙的响声。不知名的鸟儿叽叽喳喳，像是在欢迎我们的到来。几十户人家依山顺势地坐落在沟底，别有一番山情野趣。古朴粗壮的百年老树生意盎然，古色古香的民居渗透出沧桑。乡邻们在树下乘凉，欢声笑语飘荡在峡谷之中。土地上走出来的孩子，农村情结早已渗入血液。这一切的一切，让我似乎回到了童年，那扎着羊角辫的红衣少女，蹦蹦跳跳地雀跃在乡间小路、田间地头……西牛庄村党群服务中心到了，干净的院落中，恰到好处地点缀着一些花花草草，中央有一棵大松树。院中有独具匠心的健身器材，有颇具特色的文化墙。窗明几净的办公室里，一个个厚厚的文件盒整齐地摆放在档案柜里。打开一看，图文并茂，分类明确。我问李智欣：这些材料很不好整啊，都是谁整的？他深有感触地说：是我们扶贫工作队的四个人整的，都是80后，工作中有艰辛也有喜悦。而他自己，驻村以来，几乎每天工作到凌晨，非常疲劳，一个多月没看望父母，半个多月没有回家，两个孩子由妻子一人照看，大的还不满十岁，妻子多有怨言，连孩子过生日他因忙也不能回去。当我问他这样拼命累不累值不值时，他感慨地说：这都没什么，像我这样的扶贫干部太多了，有些比我做得还好。扶贫工作确实锻炼人、教育人，让人更加了解到三农问题的重要性，现在上级重视，农民期待，要凭良心凭感情把工作干好，让农民真正脱贫集体走上小康致富的路，不拉下一户一人，才能上对得起国家下对得起百姓。从他平实的话语里，我感受到了一个普通扶贫干部立足本职、胸怀大局的高尚思想境界，不由被他深深感动。

田畴里麦穗在暗香中动荡，苍茫的远山连绵如黛。我们带着面粉、大米和食用油，去看望文联帮扶的扶贫户范松灿一家。听说范松灿在外打工，他的妻子晋米霞高位截瘫，已卧床十七年，平时就在邻村的娘家由老妈照应着。

路边火红的烧饼花开得正艳。干净的农家院落门口，放着一张木板床，床上躺着一位妇女，干净的床单遮盖着瘦小的身体，整齐的乌发下是一张清秀而精神矍铄的面庞。

一切不幸源于十七年前的一次意外。那个秋天，漫山遍野的柿子树挂满了红彤彤的小灯笼，煞是诱人。为了多摘柿子卖钱，晋米霞上到了高高的柿子树上，却一脚踩空从树上掉了下来，摔断了脊椎。从此，脖子以下的部位失去了知觉，手臂和大腿的肌肉开始萎缩。那年，小儿子才刚刚两岁。

十七年来，这个家庭遭受了多少艰苦磨难，谁又能体会得到？十七年来，这个瘦弱的女人是如何艰难挺过来的，谁又能知道？此时，望着病榻上的她，谁又能想到她是一位卧病十七年的女人。她说起话来思维敏捷，铿锵有力。"孩他爹受累了，他是好男人，没他照顾，我活不到今天。""感谢国家，感谢政府，现在政策好，我们家和其他贫困户一样，享受到了到户增收项目资金，到年底就会得到分红，全家有三口人享受低保。""我一个女儿在外打工，还有一个女儿在上大学，日子越来越好了，只希望孩子们早日成为对国家有用的人。"她的勇敢和坚强深深感动了我们。女同志们拉住她的手嘘寒问暖，安慰她，鼓励她。我看到，她的眼角泛起了泪花，有辛酸，有感动，也有幸福和温暖。

当我们离开西牛庄的时候，放眼望去，麦浪滚滚，田地上收割机、播种机马达轰鸣，农民辛勤的劳作换来了一个丰收年。蓝图描绘，重在落实，脱贫扶贫已初见成效。小小西牛庄村，在中国只是冰山一角，从这里，我看到了中国扶贫攻坚的希望所在，看到了中国新农村的美好未来！

月光下的思念

今夜，月光缓缓流淌，就像父亲的目光。

窗外的明月，那是父亲的眼睛，在远远地，静静地看着我……

那个有月光的童年，村子里还没有通电，我和伙伴们一起玩捉迷藏的游戏，藏进玉米秸秆里，躲进小树林里，跑啊追啊……跑着跑着，追着追着，月亮就没影了，只听见父亲一声声呼唤我小名的声音，回荡在幽幽的夜空里。

我五六岁时，村附近的国营厂有了一台电视机，每天晚上我总爱跑去看电视。当我踏着月色，哼着欢快的片尾曲往家赶的时候，总能看到父亲高大的背影，站在村口的大树下等我回家。国营厂每周演一次电影，父亲和我一起看。人挤得水泄不通，父亲把我担在他的肩膀上，看得津津有味。我仰脸看看头上的月光，低头看看父亲明亮的目光，感觉是如此的相似——慈祥，温暖，柔和。冬天的夜晚，父亲把他的棉衣披在我身上，用一双温暖的大手拉着我冰凉的小手，深一脚浅一脚地踩着高低不平的小路回家。一大一小两个身影被月光拉长，与山村夜景融合在一起，像一幅生动感人的水墨画。

　　美丽的月光，伴我一天天长大。我清楚地记得这样一个有月光的夜晚，那是我上一年级的时候，有一次粗心竟然把语文课本弄丢了。当我哭红了眼睛告诉父亲时，他慈爱地微笑着要我别担心。那晚的月光洒满了农家小院，父亲在昏黄的油灯下抄写了整整一夜。第二天早上，我惊喜地发现，父亲为我制作了一本手抄版的语文课本，连插图和拼音都有，父亲的眼中却布满了血丝。我把这本语文书拿到班里，小伙伴们都围着看，很羡慕。我的心里美滋滋的，神气极了。

　　有月光的夜晚就有父亲的爱。为了考学，我开始了寒窗苦读。天寒地冻的夜里，父亲拖着疲累的身体，看我入睡才离开。那夜我忽然生病发起了高烧，父亲背起我就往医院跑，因为心急，路上父亲摔了一跤，迎面扑倒在地，却在倒地那一刹那间用双臂托起我，我没受一点伤，父亲的头部却鲜血直流……终于，我以优异的成绩考上了学校。父亲的皱纹里乐开了花，月亮的眼睛也笑眯成一条缝。开学的那天早上，晨曦里月儿偏西。父亲帮我拿着行李，把我送到村口的公路边，弯弯的小路留下了他殷殷的嘱托……父爱的温度，是一脉热切的心音，那些融入血脉的父女情深，是一种永恒的隽永。

　　月光和父爱沐浴我长大成人。我参加工作了，周末回家看望父亲。月光在树梢洒下一个个亮闪闪的星星，电视里播放着精彩的节目。父亲不知什么时候蜷缩在椅子上睡着了，他显得苍老了很多：脸上布满深深的沟壑，两鬓斑白，少年负重被压弯的背更加佝偻了。我一阵心酸，拿起衣服给父亲轻轻披上。父亲一下子惊醒了，叹口气说："唉，老了，看电视都会睡着……"

　　十年前，父亲为了方便给我们照顾孩子，搬到城里住了。前年，父亲被医院查出得了癌症，已是晚期。为了给他一线生存的希望，家人隐瞒了他的实际病情，只对他说是炎症。去年那个有月光的秋夜，病重的

171

父亲挣扎着非要回老家，我明白他是要"落叶归根"，心里是多么不想让这一天到来啊。汽车缓慢地走在回老家的路上，父亲一直昏迷着。到了老家大门口，父亲忽然清醒了，浑浊的眼中闪过一丝惊喜的亮光："到家了……真好，终于……到家了。"一个星期后，父亲在和我们一起度过了最后一个月圆的中秋夜后，于农历八月十七凌晨四点，在我们撕心裂肺的哭喊声中，变成一缕青烟飘到了另一个世界。那天夜里，原本月光如幻，却忽然间狂风大作，雷雨交加……

月光如幻，光阴如梭，转眼父亲已经离开我一年了。一年里，我始终觉得父亲还健在。每次到母亲那儿去，感觉他还坐在藤椅上，慈爱地望着我。夜梦里，父亲亦如生前的模样。而当我猛然意识到，父亲已与我已阴阳两重天时，总会有一阵撕心的疼痛袭来，让我顷刻间泪如雨下。

数十年的父女情缘，珍藏了太多的刻骨铭心。那些曾经的爱和欢乐，在生命陨落的那一刻，又有多少绚烂的回眸？

此时，风又起，思念的泪水再一次滑落。

父亲，明天是您离开一周年的日子，您在那边过得好吗？

牵挂女儿

女儿玥在新乡河师大上大一。九日中午，先生一打开微信，便惊叫起来："新乡发大水了，你快过来看看！"

我赶紧凑过去，看到玥在微信里给她爸发了三张照片，一张是在大水中行走的大学生，水已没过他们的膝盖；一张是在学校超市门口，一辆三轮车只能看见车顶；还有一张紧急通知单，上面写着：由于大雨，人民公园蛇岛的蛇已顺利出行在大路上，刚刚广播已有市民在人民公园东门见到，现在新乡一片汪洋，请出行的伙伴一定注意、注意，随时注意脚下的蛇！

我们赶紧用微信和玥视频聊天。看到屏幕上出现女儿花儿般的笑脸，我们的心才稍稍安稳些。女儿让我们放心，说虽然学校超市被淹了，方便面也被抢购一空，但学校派专人推着橡皮筏到寝室门口给他们送盒饭，不用担心。考试推迟了，可能晚放假一天。

先生平时是个大老粗，此时也紧张不安起来。整整一个下午，他不断和女儿通电话、微信联系，时刻关注新乡特大暴雨灾情新闻，就这样一直折腾到晚上十点，我们和女儿互道晚安，在无比牵挂中挂上了电话。

十日早上七点，先生又发微信和玥联系："女儿，新乡还下雨吗？大水退了没有？"女儿那边没回应。先生着急了，给女儿发出视频请求，依然没回应。于是，他把电话打了过去，没人接，再接着打，还是没人接。我们慌了，怎么回事？女儿遇到了什么情况？我想了想说："可能是睡觉时把电话调成了静音，听不到。"先生则说："会不会是趟水时不小心把手机掉到水里了？"不管什么情况，只要人好好的就行。我让先生发微信给玥留言："看到速回信息。"

我们在焦虑不安中又过了半个小时，玥终于回信息了："刚才学校给我们送饭来了，我下楼排队领饭，怕手机掉进水里，就没带手机，走得急没顾上留言，让老爸老妈担心了。"先生赶紧打电话过去，一听到玥甜甜的声音，我们悬着的心才放了下来。

十日下午三点，玥发来了信息："老爸老妈，一方有难，八方支援，大水已经退了，放心！火车票已改签，明天下午三点到达洛阳，欢迎接站。"

母亲养猫

母亲养的猫死了。

这是一只黑白相间的漂亮猫,母亲已经养了六年了。她像伺候小孩子一样照顾着它,每天都要到学校门口,给它捡回一些学生们扔掉的火腿肠、炸鸡腿之类,或者到菜市场,买一些小鱼、鱼的内脏回来,这些都是猫的美餐,猫吃得津津有味。母亲把多余的猫食洗净了放进冰箱,每次拿出来一点,切碎加热后才让猫吃,她说:"猫的肠胃是很脆弱的,就像小孩子,吃生冷的食物容易拉肚子。"猫在母亲的悉心照顾下,幸福地生活着——吃的是美味佳肴,睡在沙发上,铺着棉垫子,还盖着暖和的小花被。

母亲没事的时候,总爱坐在猫的旁边,一边看电视,一边轻轻抚摸着猫的头,猫眯着眼睛懒洋洋地享受着这一切。特别是父亲去世后,和母亲做伴就只有这只猫。我有好几次看到,洒满阳光的院子里,母亲对着猫喃喃说着什么,猫儿仰脸看着母亲,星星一般的眼睛亮闪闪的,轻轻地喵呜几声,似乎听懂了母亲的话……

猫对母亲也是情有独钟，只要母亲唤一声"咪咪"，它就会看着母亲"喵喵"答应着，还不停用身体去蹭母亲的腿；母亲做家务忙碌时，猫就蹲在她身边眼巴巴看着她，目光随着母亲身体的走动而移动；如果母亲出门不回来，猫也没精打采的，眼睛不停望着门外；猫很远就能清晰地辨出母亲的脚步声，即便是在打呼噜的时候，只要猛然起身娇声轻唤起来，那便一定是母亲回来了。

然而，就是这么陶醉在幸福里的一只猫，半个月前还是生病了。开始是拉肚子，母亲赶紧让我开着车，带上猫找兽医院给它打针。路上，母亲带着自责的口吻说："都怪我，猫肯定是吃了我喂的过期的火腿肠，把肚子吃坏了。"到了兽医院，平时温顺的猫儿，也不知哪来的劲儿，上蹿下跳魂不守舍。母亲不忍心了，说："狗恋人猫恋家，猫最怕离开家了。"于是她安抚着猫，把它又带回了家，托相识的医生上门给猫看病。医生给猫打了一针后，猫精神了很多，一下午没拉肚子，还吃了不少东西。

打了三天针后，猫拉肚子的毛病止住了，却又开始呕吐了，吐的是带血的黏稠物。医生过来看了说："猫得了这种病，一般只会活一个星期。"估计是在暗示母亲猫没治了，母亲却从医生的话里听出了希望，她欣喜地说："这猫得病超过一个星期了，那应该是可以治好的了。"她请求医生给猫用最好的药，一定要救猫一命，又带着自责的口吻说："都怪我，猫肯定是吃了我喂的过期的火腿肠，才会上吐下泻的。"

前天下午我到母亲那儿去，看到猫精神了很多，在望着母亲发出婴儿般细微的叫声，母亲慈爱地抚摸着她的猫，那目光就像平时看我们一样慈祥，她对着猫说："咪咪，你好点了吧？"转头又对我说："这个医生还真行。"昨天中午我再次到母亲那儿去，母亲声音低沉地说："猫死了。"我有点不相信自己的耳朵："昨天猫的病不是轻了很多吗？"母亲说："就是啊，我也以为它好转了呢！今天上午我把它抱到屋外晒太阳，放在凳子上，等我又去看他，发现它从凳子上跳下来了躺在地上，已经没了气息。我把它抱起来，看到它屁股后面流了很多血，一定是肚子里边的脏器全坏死了。"母亲叹了一口气，说："猫是懂得感恩的小动物，临死前要跟主人告别的，前天下午它强打精神对着我叫，是在跟我告别呢。它知道自己要死了，怕玷污了咱的凳子，还特地跳到凳子下边死去。"接着，又带着自责的口吻说："都怪我，猫肯定是吃了我喂的过期的火腿肠，把肚子里的五脏六腑全吃坏了。"我听了赶紧安慰母亲："一般猫的寿命是六到十年，它是寿命到了，您不要太伤心。"母亲强装平静地说："人该去了还留不住，更别说一只猫。"可是我明明从母亲的声音里听出了她的哽咽，赶紧看了一眼母亲，果然看到她浑浊的眼眸中闪着泪光。

我一阵心酸，眼泪也那一瞬间模糊了双眼。我告诉母亲："您别伤心，猫是有灵性的，它没有死，它的灵魂要去投胎了。"母亲赶紧问："猫真的会去投胎吗？"我说："一定会的。"母亲长出了一口气，似乎得到了一点慰藉。

我有了给母亲再逮一只猫的想法。电话打给好友阿梅，她听了以后高兴地说："真是巧了，我现在就在老家，我妈养的老猫正在生小猫呢，刚刚生了一只……满月后一定给你送一只。"我亟不可待地说："到时候，给我妈留一只最好看的、最健壮的、活的时间最长的、不害病的猫。"电话里传来了朋友清脆的笑声："咯咯咯……放心好了，一个月后你过来，全部小猫任你挑……"

我跟母亲说了这件事，母亲的脸上浮现出了一丝笑意："这么巧啊，一定是咱家的猫赶到她家去投胎了。哎，真是的，怎么不投胎做个人，也能活得时间长一些啊……"

心系耕读赤子情

  行者的人生经历比较复杂，他掂过锄头把，站过三尺讲台，做过乡镇干部，后到省里任职，其间到县里挂职锻炼，可谓是经历曲折复杂，现在又多了一重身份——作家。

  行者从不称自己是作家，他说他写诗文只是一种雅兴。但是，通过读他的作品集《耕读》，我觉得他太谦虚了。他的作品思想性和艺术性很高，能给人以深刻启示，且大部分都在国家级、省级报刊杂志发表。

  他出生于20世纪60年代困难时期的农村基层干部家庭，父辈对党怀有很深的感情。他的家庭解放前很穷苦，在共产党领导下翻了身，结束了受欺压的日子，一家人过上了幸福的生活。他父亲经常给他讲毛主席的伟大英明，教育他要有理想和志气，像老一辈革命家一样为人民去做有益的事业。家人对毛主席、共产党的朴素的阶级感情深刻地影响了他，他从小就热爱党，热爱毛主席，懂事起就以听党的话为荣，以读毛主席的书为乐，幼小的心灵深深扎下了跟党走的根。

  小时候，他很早就帮大人下地劳动，换取几个工分养家，也曾数度扶犁策牛地真正耕种过；乡下书少，见书走不动，抱书读半天。只是耕为裹腹，读是精神饥渴，从来也没有进入过自由耕读的至上至高境界，没有尝到过做耕读主人的散淡从容。但也有自在的时候，偶尔得到一本书，大树下、鸟鸣里目空一切地看字，心驰神游；或乘着月光，在院子里一边剥着玉米或毛豆，一边津津有味地听着说书人讲古，传统的道德教化如春风化雨滋润着他年少的心田。

读书的时候，他尤喜英模传记、社科类读物，中小学时读了大量红色书籍，受益颇多。读书真正成为兴趣、爱好，则是大学生活中，在知识海洋里遨游面对诸多未知世界激发出来的。大学期间他学的是哲学，非常努力。然而学无止境，越学习越感觉自己浅显，求学如登山，高山仰止，更觉渺小。工作后也一直没有放弃阅读，因为读书能够提高工作水平，提升个人素养和能力；工作中更感觉学习很有必要，因为不学习就跟不上时代步伐，事业只能低水平重复。在他看来，只有勤读、善读，具备一定的理论修养，工作时才能高屋建瓴，举重若轻，气度从容。

出身豫南农家的他对农村怀有深厚的情感，作品里都带着一股泥土的淳朴。多年来，他在繁忙的工作之余，一路且行且吟，以心系耕读的赤子情怀讴歌大自然，歌咏山川风物，这一切丰富的情感均与他的生活息息相关，是丰富的生活体验催生了他旖旎的情感，他像生长在农村的广袤田野的麦田，头顶蓝天，根扎大地，呼吸着清新的空气，融入了阳光、雨露、汗水，结满沉甸甸的金色果实。他喜欢与大自然的亲近和投入，在与大自然的亲和中，他以豪放洒脱的性情沉浸于大自然的美丽、和谐与宁静。他关注于生活在最底层的人和事物，痴迷于自然灵秀的万物，采撷大自然缤纷灵动的意象，随手拈来入文，从而使他的诗文洋溢着一种返璞归真和率性深挚的自然情感，荡漾着一股芬芳清韵和人间正气，读之像一股清泉哗哗流进心灵深处，给灵魂一片滋润的净土，远离浮躁，即便艰难的旅途也能奋起前进。他涉笔成趣的逸情雅怀，他对人和自然流露的款款依恋，他心怀乾坤的朗朗赤子情怀，寄予着他对天真淳朴的虔诚守望，对简单随性的深情向往，以及对耕读生活的执着追求。

他认为唯有勤读，方能开启智慧；他崇尚牛之精神，常以牛策己，唯有躬耕，方能不负人生。他认为，耕读，说白了就是好好学习，努力工作。耕有垅亩躬耕，也有瀚墨笔耕。躬耕到笔耕是思想的必然，在学习、工作、生活中积累感受和思考，有创作的冲动，有表述的愿望，就形成了文字。文字能够把思想系统化、条理化，从而对事物的认识更深刻，对工作产生推动作用，使生活增加一点唯美情调。正因为如此，他在忙碌的工作之余笔耕不辍，随心、随性、随缘，写下了诸多文字。这些文字贯穿起来记录了他的心路历程，表现了他的思想脉搏、人生足迹，如人生视窗展现内心世界，如瞭望灯塔扫视社会变迁。

行者的诗文像他的人，大气而不失淳朴，正气而不失厚道，直中有曲，曲径通幽。淡泊使人心安，宁静使人致远。他本人兴致高雅，不爱热闹，节假日常到青山绿水中陶冶性情，对于尘世间的争名夺利之事，则避而远之。正如他那首《岷山行》中所言"……抱月逐星去 / 挥手排云散 / 天低树 / 红尘远 / 千里觅仙境 / 青白写人间"。

总之，行者的诗文，不娇柔，不造作，更不是不痛不痒的无病呻吟，是发自心灵深处的豪歌浅吟，是心系耕读的赤子的别样情怀。

一身诗意千寻瀑
——写在苗瑞霞新书《兰溪》出版前夕

正是阳春三月，风，携着暖暖春意，红了花，绿了天地，心中的诗意也开始蓬勃起来。

那个曾被我们伊川文化研究院宋院长称作我的"姊妹花"的新安姐姐兰溪云影，她就要在这个春天里，出一部新的诗文集《兰溪》，姐姐邀我给她的文集添彩，我欣然答应。

兰溪姐姐她长得苗条，皮肤白皙，脸上总是带着浅浅的笑意。她，清心而又淡雅，开朗而又妩媚，优雅而又活泼，淡定而又从容，感性与知性共存，会与人心平气和地交流。她，出生在伊川，成长在伊川，而现在在新安工作。她经常回伊川来参加文学活动，和她的闺密故友谈心叙旧，我就是在这样的环境中认识了她。

姐姐曾读过我出版的五部作品集，她对我印象特好。她认我做她的文学妹妹，她说：在故乡，她的心里又多了一份温暖和思念。诗意的芷兰，让伊河水更加柔美。

打开兰溪姐姐发给我的文稿，我开始欣赏她那韵味流香的文字。这束文稿是她在2014年4月至2016年4月之间创作的，分为散文、散文诗、新诗、格律诗、歌曲五部分，内容丰富，形式多样。可见姐姐在写作上是多么勤奋，她对文字的把握能力几近娴熟自如。由她作词、著名曲作家谱曲的歌曲，有两首在新安县比赛中获二等奖，一首在洛阳市比赛中获三等奖。她不但喜欢文字，也把文字做得生动活跃。

她蘸着情和爱，用指尖的舞蹈，写出了心灵深处的絮语。将起伏跌宕的人生描绘成温馨与幸福的驿站。她珍惜与亲人之间的亲情，含着泪水与思念写离世的父亲，饱含真情地写母亲、女儿、儿子。她感恩与友人之间的缘分，怀着一颗敬仰之心写铁军部队，敞开红透的心扉写闺密、同事，甚至写女儿的同学。她善待目光所及之处的一切生灵，芦花、玫瑰、绿柳、夕阳、雨水。她爱故乡，爱祖国，并把感激与热爱之情记录在了字里行间。她的思绪与文字共舞，变得快乐而充实。生活中的一树一木，一花一草，都是她笔下最美的华章。在这种阳光心态之下，流露出来的文字就充溢着一股生命的冲击力，珍珠般的字句之间是诗歌的节奏、诗歌的韵致以及诗歌所特具的感染性。她的文字是她心灵的悸动，有思想的感悟，还有升华的哲理。

品味着她精彩无比的文字，我想起了一件事情。2015年12月25日，我的散文集《竹泉情缘》要在伊川举行座谈会，特意邀请姐参加，当时打电话得知她正在洛阳市区学习，就想她一定不会来的。没想到她竟毫不犹豫地同意了："芷兰妹妹，你的新书座谈会，我是一定要参加的。"那天她请了假，专程坐车从市区风尘仆仆赶了过来，这让我非常感动。座谈会结束后，为了表示对她的感激之情，我给她赠送了我的五部作品集，还特地邀请她去歌厅唱歌，这也让我对她多了一层了解。她不但文章写得好，而且嗓子像百灵鸟一样动听。她的歌声时而如云朵般飘逸，时而如清风般洒脱，时而如细雨般温润，这可是唐诗宋词熏陶出来的灵性？

当晚，我开车送她回市区，一路上我们谈了不少对文学和人生的看法。我们有着共同的志趣和心性——热爱生命，痴迷文学，且行且吟的人生因写作而生动多彩。我们相约用文字去描绘灵魂深处的精神之花，去收获一份灿若朝阳的理想和对于崇高事业的向往。分别时，姐姐拥抱我，说："芷兰，真好。你的美丽已扎根我心，有空我就回去看望你。一起行走伊河柳堤，感触家园的美好，共暖我们的诗情。"她还连夜给我写了一首诗："芝兰，长成在伊河畔／……她在春风的柳岸上行走／收获《古道芳菲》／写出《古道幽兰》／情染《古道云天》／《在水伊方》里，诗叶灿灿／家乡的芝兰／笑醉春天／……文香诗芬咱伊川／芝兰，你可是"蒹葭苍苍"中的那位伊人……（《致芝兰》）"，一字一句蕴含的真诚和荡漾的诗情，在飘香的墨痕里静静流淌，让我感动之余不由肃然起敬。

瑞霞姐出身于书香门第，她本人是个教师，不仅课教得好，还是个懂得经营家庭的人。她有一个幸福的家庭，丈夫事业有成，对她的事业和爱好热情帮助。一双儿女勤奋进取，美丽的女儿在国外担当汉语使者，使命于中国文化的世界传播。帅气的儿子在上大学，所以她现在也有更多时间来追求她的文学梦。她感情细腻，温柔而静美，既使你与她从未谋面，从她的文字里也能感觉到一种柔情似水与浪漫如诗。岁月静好，诗意人生，她怀着一份悠闲、淡然的心情，写一笺笺清雅的心语，与文字相依静看流年，写曾经历过的点点滴滴的平淡与感动。拈一缕淡淡的书香，用温婉的笔调写下漫漫红尘与沧海桑田。花开花落，她留给世间的是绵绵眷恋，月缺月圆，她留给人们的是悠悠诗情。

读着兰溪姐姐的诗文，想着她如诗如歌的雅致，我忽然想起了金岳霖赞美林徽因的一句诗"一身诗意千寻瀑"。是啊，她沉醉在诗意的世界里，安享着一份温馨与浪漫，尽情挥洒着内心的情感与美好，她才是一个集万千诗意于一身的女子啊！

最后，真心祝愿她的生命之花在缪斯的殿堂里得以最华美的绽放。

第六辑　心语清吟

小河奇缘

一

小河！小河！

水清碧透，细流潺潺，谱写一曲柔情四溢的动人乐章。

石桥横贯在清澈的水面，与小河风韵融为一体，交相辉映。

河畔村舍，蓊蓊郁郁，朦胧的乡村水墨画，朴实而恬静。

千年文脉，孕化一方水土，滋润一方风物。

二

小河！小河！

小河东岸，农家小院，扎羊角辫的少女，一袭红衣。

一双眼眸，如小河清澈明亮。面如满月，清纯可爱。

坐在小河边，任清冽的河水从指间流淌，清凉入心。

神态美丽而安详，任游动的鱼儿啃噬脚丫，濯足戏耍。

河水哗哗，捶纱咚咚，树叶沙沙，一曲绝美的水乡交响乐，和谐而生动。

蓝天，白云。微风掠过水面，波光粼粼。

阳光静然流淌过稚嫩的肌肤，诗意在心间轻舞飞扬。

盈盈清水，悠悠诗情。淡笑浅吟，娇花照水。

三

小河！小河！

西岸河畔，农家小院，少年初长成。

穿越后院小路，踏着漫溢的月季花香，向着波动着融融春意的小河，款款走来。

来到小河畔，弯腰，汲水。目光掠过对岸，红红的影子闪过。

河水清清，小桥悠悠。伊人似雪，翩然娇纯。

收回目光，抬头凝望树梢上的一弯新月。

花开花落，去留无意，春夜无眠读西厢。

四

小河！小河！

波光粼粼，一往直前。

心波流转，溢满岁月的枝头。

少年，飞向远方，化成了星空中遥不可及的那一颗。

从此，少年的名字成了一个传说，和小河一起散发出思念的光泽。

风雨桥雕刻着岁月的痕迹，所有的记忆都和小河结缘。

五

小河！小河！

少女，忠诚地守望着小河，开始挑战生活的艰辛。

缤纷的诗意，聚在秀美的脸庞，汇成神奇的勺子七星。

羊角辫盘结成了一个髻。是酸，是苦，还是涩？

为了爱，固守故土一座城，等你归来。

流动的诗语，生命深处的呼唤，如倾泻的月光，一尘不染。

你不来，我不敢老去。待我长发及腰，执子之手可好？

期盼，是一种长久的等待，莫负青春韶华。

六

小河！小河！

心中的小河唱着歌，如泣如诉，牵动着少年羁旅的脚步。

寻寻觅觅，千山万水，追逐着昔日的梦想。

迎来日出，送去晚霞，天涯海角，细听，远望。

风的手充满温情，抚摸着一颗孤独的心。

繁华的异乡，夜已黑，乍凄凉，家的温度，在何方？

远方，依稀传来笙箫琴瑟，那可是来自故土的方向？

杜鹃啼血声声，燃烧一片期待。

七

静静的夜,孤月清影,思绪迷离,揉碎一缕清愁。

结在颦眉上的忧思,落殇成诗,于婉美的文字中,轻吟浅唱。

冬的夜寒透了心,彻骨的沧凉。受伤的影子,无处躲藏。

把你的身影,放进窗口,定格为一道风景。

把你的容颜,放在心底,温暖了消瘦的诗行。

在诗端,轻吟一曲离歌,种上了相思的泪滴。

心中有念,韵了平仄,暖了容颜。

心中有你,婉约了诗魂,染醉了守望中的那丝缱绻。

八

一路跋涉,追寻的脚步匆匆,足迹上沾满人间烟尘。

林中,流水淙淙,想要用双手抓住,却只从指缝划过。

风中,隐隐约约感受到你的气息,像雾,像雨,又像云。

踮起脚尖,伸出双手,触摸不到你的身影。

美丽的梦境,一次比一次短暂,醒来总是一场空,消失在长夜里。

流火的七月,内心飘雪,一缕暗香,满地落英……

九

心在小河,情在韵间。河水流转,荏苒三十年。

月季花开的季节,他打马而来,她宛在小河中央,开成他喜欢的模样。

风儿轻拂，摇曳的清香，香满她的眉间心上，和他的蓝色衣衫。

磁性的声音，富有穿透力，如同天籁，直达她的灵魂。

那一声春的俚语，千回百转。她的双眸，顿时升起七彩云霞。

心与心的碰撞，情与情的交融，拨动两颗尘封的心弦。

小河微澜，醉成她脸颊的绯红，将血液燃烧，点亮天上那轮月。

这一场繁华遇见，君心似我心，我心似君心。

那三十年前欠下的约定，如今一同来续。

十

小河为证，月季花为鉴，你可还是三十年前的读书少年？

记忆如小河流过，微笑熟悉而温暖，你可还是对岸的红衣少女？

让我的歌声洗去你漂泊的疲惫，让小河水洞开我的心扉，把心事阐述得淋漓尽致。

美丽的姑娘啊，让我萦绕的相思，燃烧成一片期待，演绎成一串长长的爱的音符。

不忘初心，我用最初的诗意书写爱情的童话，让字里行间的柔情，洒满彼此柔软的心房。

红尘有奇缘，这一曲爱的千古绝唱，醉了我的心，醉了我的梦，让我顶礼膜拜。

清澈灵秀的小河水从风雨桥下流过，缓缓地，流向我干涸的心岸，让我涅槃重生。

三十年寻与求，众里觅你千百度。蓦然回首，你却在，灯火阑珊处。

心灵的沃土开始发芽，茁壮成长。你在，我轻漾微澜，你不在，我守望成水晶……

十一

小河多情，人亦有情。

小河幽幽，连起他和她的记忆，恍若隔世。

倾尽一世柔情，共谱一曲倾城之恋。

执手并肩，看尽细水长流，遍赏春花秋月。

山无棱，天地合，天荒地老永不绝，誓言铭刻三生石。

握一把温暖，诠释地老天荒；拈一指曾经，与秋水共长天。

掬一捧水幽，携万千柔怀，于尘世间，淡然相守。

愿得一人心，彼此长厮守，直到银丝如霜，容颜迟暮。

爱你，是今生最重要的事情。来生，还要牵手一起走。

余生的光景，贯穿一个永恒的主题，以奔涌的情思，续写一部旷世绝恋。

幻化的天使花

　　一袭白衣，美丽飘逸。一顶燕帽，温文尔雅。一双明眸，清澈透亮。圣洁的天使，翩翩走来。

　　轻声细语，如莺呢喃。微笑甜甜，春风化雨。如冬日旭阳，温暖和照亮患者及家属的心空。

　　娇弱的身躯里，蕴藏着火一般炽热的心。肩负神圣使命，忙碌的身影，穿梭在病房之间。啊，你是病魔的克星，让死神步步退缩，驱散心头的阴霾，点燃未来的希望。

　　在家里，你是父母的小棉袄，亦或是爱人掌心的宝，可以衣着华丽，可以浓抹艳妆，偶尔使使小性子；在病室，你只能素衣如雪，温颜如玉，永远如和风细雨般轻柔，输液、打针、给药，快速而准确。即使受了天大的委屈，你依然惯用职业性的微笑；可有谁知？转身的瞬间，你也曾一次次雨落芙蓉。

　　生活中的你，明眸皓齿，笑靥如花，相夫教子，其乐融融，尽显温柔优雅的魅力；工作中的你，一丝不苟，三查七对，有条不紊，毫无疏漏。你放弃花前月下卿卿我我，让幸福的光阴滑走身边，似一朵祥云悠然飘落，用纤细的双手抚平患者心房的皱褶，点亮生命之火。

  半夜三更，风刀霜剑，你移开停留在幼小孩子脸上的牵挂的目光，离开温暖的家，急匆匆奔赴没有硝烟的战场，输液瓶、胶布、温度计、测压仪……你用一双巧手，弹奏起一支各类医疗器械的交响乐曲；护理室里，厚厚的口罩遮不住你嘴角的微笑，你为患者翻身、擦拭、帮助其大小便，记不清有多少个重症患者，在你精心的护理下转危为安；手术室里，你额头上渗出细密的汗珠，追赶生命的曙光，向生命最微弱的极限挑战……

  希波克拉底的誓言，在心底一遍遍默念。只因有你，南丁格尔的那盏马灯不灭，穿越百年尘埃，照亮尘世，温暖人间，幻化成一朵朵超凡脱俗的天使之花。

柿子红了

　　柿子熟了，晃悠悠红了枝头，燃了山野，漫山遍野嫣红渲染，那是乡间一道最美的风景。

　　轻轻揭开薄如轻纱的皮，甜汁四溢，吃上一口，绕舌三日，余味悠长。甜甜地、悠悠地、绵绵地触摸我一颗柔软的心，蜿蜒成一条回乡之路。

　　依稀，谁的笑声在红柿树下绽放？曾经，暖暖的亲情，浓浓的乡情，深深的爱情，汇成嫣红的记忆，散发着红柿子般的香甜。韶光易逝，一切的一切，伴随月白风清，恍如烟花，短暂而绚烂，留下片片斑驳的点影。

　　秋风吹落叶，柿子红了天。沧海桑田，斗转星移，青春远逝，乡音还在。一年年时光变迁，红柿子的绚丽依然盛放在我的心头。纵使繁华尽逝，岁月迷离，那些绯红的往事依然在生命里风姿绰约。

　　四季轮回，春华秋实。花开花落，云舒云卷。我把甜蜜的期待与希冀，交融在柿子火热的色彩中，温暖那遗失的真情，诉说折叠的心事。

甜甜的思念，淡淡的回忆，宛如轻风拂面，清雅却又难以触及。

记忆的埂上，开满纯纯的淡黄色的花。人间四月天，羞涩的小花，平淡无奇，朴实无华。那种淡雅，是春天最别致的颜色，是我喜欢的色彩，不娇娆，不魅惑，素素的，栉风沐雨，吸取着天地精华。

夜来风雨声，梦里花落知多少。一些花儿枯萎，一些花儿长成青果。所有的果都曾经是花，但所有的花并不全都能修成果。所有的收获都曾经是付出，但所有的付出并非都能成为收获。花团簇拥之后，忍耐与毅力是终成正果的基石。

蒹葭苍苍，白露为霜。青果历经风霜雪雨的洗礼，洗净铅华，由青涩走向成熟，随秋意渐浓，挂起满树红灯笼，倒映着天空的蓝。时光的风霜吹打成熟的心，生涩的倔强被岁月打磨成甜润。

从一朵花成长为果实，是一种历练，一场修行。时光，终不负所有的坚持与付出。

不忘初心，方得始终。

父亲，我来看您

今天是 2016 年的 1 月 9 日，是您的百日，父亲，我来看您。

父亲，我来看您，我的思念，如这漫山遍野的杂草一般长了又长，从秋天到冬天。

父亲，我来看你，一路上，我都处在对您深深的追思里，心空飘洒着凄风苦雨，耳畔一阵乌鸦啼，我早已被点点清泪淋湿。父亲，你一生命苦，幼年丧父，含辛茹苦把弟妹抚养成人，又养育大了儿女和孙辈们，本该享清福了，却被可恶的病魔夺去了生命。树欲静而风不止，儿欲养而亲不在，您让我如何报答您的养育之恩？我苦命的父亲啊！

父亲，九泉之下的您还记得吗？小时候您最喜欢我，夜里在大队加班挣到半碗白米饭，您总是舍不得吃，把我从睡梦中唤醒，看我全部吃下您才开心。上小学一年级我把语文课本弄丢了，您整整一夜没合眼，满眼都是红血丝，帮我抄好了课本，还画上了插图。还有那次，我生病发起了高烧，您比谁都着急，背起我就往医院跑，因为心急，路上您摔了一跤，迎面扑倒在地，却在倒地那一刹那间用双臂托起我，我没受一点伤，您的头部却鲜血直流……

父亲，一路上这样想着您，我已驱车回到了老家。父亲，您看到了吗？正是寒冬腊月天，老屋的房顶有几棵枯草在寒风中摇曳。推开上房门，您那张微笑着的慈祥的照片映入眼帘，像是在跟我们打招呼。这里有您使用过的很多物品，还有您和我们童年时期的照片，不知留下了多少珍贵的回忆。房屋建于三十年前，如今，这里的一切都被印上了岁月的痕迹，在悠悠时空里诉说着对您的依恋和追思……父亲啊，老家是您亲手一砖一瓦所建，这里是您的根，您对这里的感情最深，您出生在这里，生命的最后十天也是在这里走完。那是与我们生死离别的十天哪！我像小时候一样和您睡在一张床上，望着您被病痛折磨得痛苦不堪的表情，我的心像撕开一般的痛。漆黑的夜里，我把您抱在怀里，在您冰冷的心头，点亮一盏驱逐黑暗和寒冷的灯。昏黄的灯光下，我帮您按摩身体，减轻您的病痛，紧贴着您苍老的面庞，我的泪水一次次无声地滑落，可是直到最后也没能挽留住您落叶般飘零的生命……

父亲，沿着弯弯曲曲的田间小路，我来到您的坟头看你。还记得您驾鹤西去的头天晚上，睡在您身边的我做了一个梦，我梦见天空碧蓝，阳光灿烂，微风起伏，您赶着牛车，我们兄妹三人像童年时期一样坐在牛车上，您带着我们穿过一条两边长满绿意盎然、高深茂绿的杨树林的小路，说要带我们去您住的地方，却来到了奶奶的坟地……几天后送您去坟地，走出村子来到坡上，我才发现一切竟跟梦中一样，天空碧蓝，阳光灿烂，微风起伏……唯一不一样的是，不是您赶着牛车，而是我们把长眠不醒的您送到了奶奶的身边。而在这之前因为几十年没有回到过老家，女儿我并不知道老家的庄稼地已经退耕还林种上了大片的杨树林。父亲，从那以后，女儿开始相信天地间冥冥之中真有魂灵的存在。父亲，您长眠地下的这片红土地，是我们家自己的耕地，您一生曾经手持犁耙，翻种过千遍万次，您的汗水打湿了这里的寸寸土壤。这里的每一片树叶，每一朵小花，每一棵小草，都如您一样，用勤劳、善良和汗水，喂养着儿女的身体和灵魂，这里的一切都带着您的气息。如今，坟地四周腊梅绽放，可是您让这些小精灵在列队欢迎我们？父亲，您走的时候是秋天，您穿得还很单薄，现在，寒冬来了，你可穿上了厚棉衣？天气越寒冷，女儿对您的思念与牵挂之情越浓。听老人们说，阴间和阳间一样，卖什么的都有，那就给您多烧点银钱，父亲，您一定要照顾好自己，多买点厚衣服御寒。

　　该离开了。父亲，我猛然意识到，我与您已经阴阳两重天，忽然一阵痉挛袭来，让我神为之摧，心为之裂，顷刻间泪雨纷纷。山长水阔，天路漫漫，在今后的岁月里，只能是您想我一阵风，我想您在梦中……起风了，父亲，那是您在想我吗？

　　父亲，您在这里等候，等我再来看您。

书香伊川华美绽放

南据九皋，北依万安，西岭逶迤，东原绵延，龙门天阙，伊河纵贯，钟灵毓秀。斯是伊川。

这里，以一马平川的坦荡，衍生了伊河儿女的正直和刚强。

这里，以两山七分岭的厚重承载着一代又一代人的瑰丽梦想。

时空在这里回旋，伏牛山以伟岸的姿态驻足、仰望，为新中国70华诞展开精心装帧的壮丽篇章。

天地苍苍，岁月茫茫。

山川秀美的伊川，云蒸霞蔚，文脉悠长。

二程文化园、伊皋书院、范园……

先贤先儒曾在这里端坐如仪，专注地讲解圣贤之道。

风声、雨声、读书声，仿佛在耳畔声声回响。

范仲淹、伊尹、邵雍、程颐、程颢……

一位位先贤的美丽传说，是满城绿色中最动人的故事，为圣贤之乡披上耀眼夺目的桂冠，把我们的心灵照亮！

徜徉伊川，仿佛在读一部红色大书。

这里，革命老区遗址遍布：温沟、吕店、官庄、酒后、马回、上王……

这里，抗日志士如星辰熠熠闪光：张思贤、申金玺、郭绍绪、时乐蒙、纪希晨、刘冰……

在那血与火交织的年代，他们如雨后春笋，喷薄而出。

以星星之火，成燎原之势，传播马列主义，唤醒民众，宣传进步思想。

莘莘孺子情，拳拳寸草心。

每一个丰腴的情怀，都印证了一双坚实的足印；每一个至真至诚的胸襟，都铿锵出一串壮丽的篇章。

伊川，底蕴深厚，文化灿烂，名人辈出，源远流长！

群星摇曳的伊川，亲切如斯的伊川。

踏入你包罗万象的城门，撩开日月的窗棂，让人生的美好岁月，流动在你的血脉里。

让生命最动听的风铃，在你的怀抱里渐次摇响。

伊川，有伊河日夜相伴，有八十万赤子之心默默奉献。

伊河，伊川的经脉，苍龙曲蟠，碧练天降，闪烁着史诗般的光芒，滋养和浇铸着一代代伊河儿女茁壮成长。

河水淙淙，承载着历史沧桑，吟唱着永恒的歌谣，将伊阙古城融会贯通，浸润得钟灵毓秀，仿若人间天堂。

伊河，有着颤动不息的灵魂和风骨，

那是伊河儿女孜孜不倦的信念和理想。

伊河，博大精深，灿烂辉煌，万丈光芒照彻伊阙的前世今生，把华夏文明的源头照亮。

伊河，是古老的象征，蕴含的是历史；伊河，是文明的象征，渗透的是文光。

面向伊河，春暖花开；面对伊河，福寿安康。

古往今来，伊河在我们心田潺潺流淌，哺育我们生命，赋予我们灵魂，谱写出一曲曲撞击生命的绝美乐章！

伫立伊河岸边，迎风踏歌，任一地思绪幻化成清溪飞扬，苍穹无涯，烟波渺茫。

远望伊川，慈善仁厚，豁然通达，辽阔澄明，巍巍然一座"圣贤之乡"。

遥想伊川，妩媚妖娆，鸿影缥缈，五千年文明的厚度，让人心存敬仰。

今天的伊川，书香悠悠，诗韵绵绵，山河大地披锦绣，到处一派阳光灿烂。

八座城市书屋依次展开，于一城花香中品味诗和远方。

一本书，一份爱，阅读涵育文明，书香浸润人生。

现代伊川，在智慧和文明中延展。

伊川，我心灵的圣地，我可爱的家园。

我心中的赞歌，在你一千二百四十三平方公里的土地上，展开一幅幅五彩斑斓的画卷。

听！前进的旗帜猎猎招展！

县委、县政府审时度势，与时俱进，全县人民踌躇满志，共克时艰。

伊川大地，沃野千里，高楼林立，生机盎然。

重大项目遍地开花，梧桐栖凤引来春色满园。

看！千军万马战犹酣！

党群干部众志成城，风雨同舟，齐心协力摘掉贫困帽，跻身河南经济发展快县。

　　伊川人民，砥砺前行，用汗水播种一个又一个明媚的春天！

　　不忘初心，方得始终。

　　书香伊川，魅力伊川，现代伊川，正在这个万象更新的历史时期，华美绽放，抒写更加广阔的壮丽画卷！